JN167676

集英社オレンジ文庫

リーリエ国騎士団とシンデレラの弓音

瑚池ことり

Contents

〈1〉 9
〈2〉 53
〈3〉 93
〈4〉 128
〈5〉 161
〈6〉 197
〈終章〉 275

ロルフ

ニナの兄で、
リーリエ国の〈隻眼の狼《アイン・ヴォルフ》〉
と呼ばれる騎士。
とある事故で左目を失っている。

ニナ

優秀な騎士を輩出する村に
生まれながら剣を振るえない。
戦闘には役立たない短弓であれば、
誰より器用に扱える。

リヒト

甘い顔立ちの若き騎士。
ニナの才能を見出し、
騎士団へ勧誘する。

Characters

オド

リーリエ国家騎士団の団員。柔和な顔をした巨漢。ニナにもやさしい。

トフェル

リーリエ国家騎士団の団員。丸皿のような目が特徴的。ニナをしょっちゅうからかう。

ゼンメル

リーリエ国家騎士団の老団長。知的で思慮深く、ニナの存在にも理解を示す。

イラスト／六七質

リーリエ国騎士団と
シンデレラの弓音
Lily Nationale Ritter Erzählung

それは誰だって夢見るものだ。
美しい鳥の雛《ひな》も、みにくい鳥の雛も。
百合《ゆり》紋章を戴《いただ》いた騎士が、ひざまずいて頭《こうべ》をたれる。
あなたが必要だと、あなたを探していたと。
恭《うやうや》しく差しだされた手には、尊《とうと》い指輪が輝いていて。
いつか、きっと。

1

――怖いと思ったときには、頭を打たれていた。

赤い命石《めいせき》が砕《くだ》け、勢いのまま兜《かぶと》が飛ばされる。仰向《あおむ》けに引っくり返され、みぞおちを足で踏まれる。

ニナの手から弓弦《ゆんづる》を鳴らす間もなかった弓が落ちた。

息苦しさに涙目で見あげると、カミラが太い唇の端をつり上げている。意地の悪い笑顔。あーあと、わざとらしいため息がもれた。

「この手ごたえのなさ、なに？」

「ご、ごめんな、さ……」

「これじゃ試《ぎ》し斬りの案山子《かかし》と変わらないじゃない。もたもた矢をつがえて終わり。やっぱり弓じゃ、やるだけ時間の無駄だったわね」

カミラは重たそうな大剣を、棒切れのようにぶんと振る。

木柵《もくさく》で囲まれた休耕地。ベンチにもたれかかる二人の少女が、倒されたニナを見て笑った。

たしかに案山子ね、攻撃されるだけの〈役立たず〉で、簡単に吹き飛ぶほど小さくて
――あからさまな侮蔑《ぶべつ》の言葉。

ツヴェルフ村において、ニナが日常的に投げかけられている言葉。

「ま、いいわ。剣も斧《おの》も槍も使えない、扱えるのが短弓《たんきゅう》だけの〈出来そこない〉には期待してないから。ともかくヨルク伯爵杯の出場者はわたしたち三人で決まりね。補欠が案山子じゃ力不足だけど、冬麦の収穫期《しゅうかくき》とかさなって手が足りないし、仕方ないわね」

カミラはニナの腹《はら》から足をどかした。

ニナはげほっと咳《せ》きこむ。お腹《なか》をおさえ、よろよろと立ちあがったニナの背丈はカミラの胸ほどしかない。

ツヴェルフ村の民は大柄なものが多いが、ニナは小柄な少女だ。一般的な基準で考えてもかなり小さい。だから同じ十七歳であっても、大人と子供くらい背丈がちがう。

小さいだけではなく細い。そのせいで鎖帷子《くさりかたびら》の上に身につけた革鎧《かわよろい》が、ぶかぶかにかさばって見える。肩までの黒髪が乱れかかる顔は小作りで、年下に見られることが大半だ。澄んだ青海《あおうみ》色の目が、やたらと大きく目立っている。

カミラは勝気そうな顔をそらした。

肩で息をするニナをじろりと見おろす。

「にしてもこんなのが、あのロルフの妹だなんてね。何度考えても信じられないわ。一方は無意味な弓をおろおろかまえてる案山子で、もう一方はリーリエ国が誇る騎士団の――」

ベンチの少女たちがあわてて立ちあがった。

「ちょっとカミラ、そのことは！」

「そうよ。〝もしも〟にそなえて秘密にするのが決まりでしょ。ここのところリーリエ国のあちこちで、妙な野盗《やとう》の襲撃がつづいてるって噂《うわさ》だし、村長だって気をつけろって！」

声を強めて注意し、怯《おび》えたようにあたりを見まわす。

けれど王都ペルレから馬で三日の南部山岳地帯。休耕地を利用した村外れの訓練場に、不審な影はない。

裏手の木立は初夏の風にそよぎ、放牧地には昼寝中の牛が数頭。その先には狩猟の帰りか、猪を背負った村人の影が見える。

小川のそばでは子供たちが棍棒《こんぼう》の練習をしている。青空を背景に数十軒の家屋が三角屋根をよせあい、炊事《すいじ》の煙がのんびりと山間《やまあい》に流れていく。

まったく平穏な村の風景。

カミラはふんと鼻を鳴らした。

「ここには村人だけなのに、秘密もなにもないじゃない。それに野盗くらい退治してあげるわよ。なにしろわたしは、ナルバッハ街の騎士団に勧誘されたんだから。辺境の弱小騎士団なんて給金も安いし、断ったけどね」

少女たちは安堵《あんど》に顔を見あわせる。

そうよね、カミラがいれば安心だわ、去年のヨルク伯爵杯もカミラのおかげで準決勝までいけた、賞金で硬化銀の甲冑《かっちゅう》も買えて、村長も喜んで——

カミラは満足そうに微笑《ほほえ》む。兜と革鎧をはずした。膝丈の鎖帷子《くさりかたびら》姿になると、ニナの前に大剣をほうり投げる。

「片づけといて。伯爵杯の準備もしといてちょうだい。武器は全員のもの。競技会用の防具はあんたにあう大きさのないし、三人ぶんでいいわ。食事は向こうで買うからいらない。はちみつ漬けの果物はプラムにしてよ」

一方的に命じ、カミラは少女たちをつれて訓練場をあとにする。

ニナは目尻の涙をぬぐった。

役立たず扱いも、馬鹿にされるのも慣れている。言われても仕方ないと思っているけれど、だから平気ということではないのだ。

武装した騎士が隊を組み、互いの兜につけられた命石《めいせき》を砕いて勝敗を競う——〈戦争〉にかわり〈戦闘競技会《せんとうきょうぎかい》〉が、国々の命運を決するようになり三百年。

リーリエ国の南部山岳地帯にあるツヴェルフ村は、優秀な騎士の出身地として知られている。

生涯《しょうがい》に千個の命石を奪った破石王《はせきおう》アルサウの子孫として、求められるのは強靭《きょうじん》な身体《からだ》と獣の瞬発力。そして子供の背丈ほどの大剣を振るえる強力。

そんな村にあって〈貧弱なチビ〉と評されるニナは、残念でしかない突然変異だ。実の兄ロルフは騎士人形のように完璧《かんぺき》な姿形の青年で、不幸な事故で片目を失ってなお、村人の尊敬を受ける〈特別な立場〉になっているというのに。

——にしてもこんなのが、あのロルフの妹だなんてね。

「その通りです。わたしもわたしが、兄さまの妹であることが信じられません……」

それだけでなく罪悪感さえ覚える。破石王アルサウの再来とまで期待される兄の妹が、どうして自分なのか。

ニナは投げすてられた大剣の脇にかがんだ。

身長と同じくらい長大な剣の柄《つか》を、両手でにぎる。精一杯の力で振りあげたが、数秒と耐えられず、すてんと尻もちをついてしまう。

ニナは肩を落としてうつむいた。

——やっぱり無理です。わたしにはかまえることさえ。

諦めたように立ちあがる。訓練で使った武器や防具を片づけはじめた。

砕かれた命石を拾い、ベンチの汗拭き布や革の水袋を集める。一度では運べないので両手でかかえ、倉庫代わりの納屋《なや》へと往復した。

　山岳地帯にあるツヴェルフ村は狩猟や牧畜を糧《かて》とするが、村民が戦闘競技会で手にする賞金も収入源である。また破石王アルサウの子孫であることに誇りを持つ村民は、戦闘競技会で活躍できる騎士であることを望んだ。

　したがって〈戦えない〉ニナの村での立場は難しい。同年代の少女に面倒な雑用を押しつけられることも、日常的なことだった。

　息をきらせて運び終えたニナは、最後に自分の弓を拾った。矢筒《やづつ》の矢数を確認し、納屋でバスケットを手にしてから裏手の林へと入る。

　木立のなかを歩き、ニナは背伸びするようにプラムの実を探した。といってもこのあたりの木々は樹高が高く、ニナの手が届く、あるいはのぼれる位置に実はない。

　ニナははるか頭上で揺れるプラムに目標をさだめる。

　弓を左手に持ち、背中の矢筒から矢をつがえた。

　弓弦が鳴り、風音がはしる。

　遠くで枝葉のこすれる音が聞こえた。やがてどさっと、葡萄酒《ぶどうしゅ》色のプラムが落ちてくる。

　距離は二十歩をこえ、目標は指よりも細い小枝。

　しかし卵型の果実にも光沢《こうたく》のある葉にも——傷ひとつない。

　矢音《やおと》におどろいた小鳥が飛びたつなか、ニナはつづけて矢を放った。二十本ほどの矢筒の矢を打ちつくしたところで切りあげ、落ちたプラムと矢を回収する。

　騎士になることを望むツヴェルフ村の民は、幼いころからさまざまな武器を習う。棍棒、弓、小剣。そうして戦いの基礎を学びながら、成長とともに大型の武器を扱うようになっていく。

　けれどそれは通常の場合だ。

　十歳を過ぎたころには大剣を学びはじめたカミラたちと対照的に、ニナは十七歳のいまでも弓から先へ進めない。

　ニナは小さくて力がなく、長く使える足もない。武器の重さで転倒し、走れば息をきらせるニナにとって、扱えるのは最小限の身動きですむ――弓のなかでも軽量な、短弓《たんきゅう》しかなかった。

　のぼれない大樹の果実を落とすため、走って追いつけない小動物を狩るため。ニレの木製の軽い短弓は身体能力をおぎなうように上達し、手足の一部のように使用できるのだが。

　――だけどいくら果実をとれても、戦闘競技会ではなにもできません。

　戦闘競技会における〝生死〟は、兜につけられた命石で判断される。命石とはリーリエ国のある火の島《イグニス・インスラ》の、中央火山帯で産出される赤い石だ。

　そして至近距離で互いの命石を狙いあう戦闘競技会では、弓を武器とするものはまずいない。

競技場というかぎられた範囲内では遠距離武器の利がいかせず、矢をつがえる前に相手の攻撃を許してしまう。なにより盾で命石を隠されてはなす術《すべ》がない。先ほどカミラと対《たい》峙《じ》したときのように、踏みこまれて命石を割られて終わりだ。

だから補欠となったニナが望むことはたったひとつ。

——わたしが出ても足を引っ張るだけです。どうか伯爵杯で、カミラたちが怪我《けが》をしませんように。最後まで無事で、みんなにふさわしい結果が残せますように。

リーリエ国の地方競技会で勇名をはせる、ツヴェルフ村の民としては情けないが。

甘酸《あまず》っぱいプラムの実を両手で包み、ニナは心から祈った。

◇◇◇

「あ、あの、焼きソー……」

「揚げ豚を五枚ね！　あと塩豚の串焼きも！」

「す、すみません。そこの……」

「こっちにも串焼きちょうだい！　十本よ！　早く！」

「えと、あの……ひゃ！」

背後から押され、ニナは両手を広げて倒れた。

落ちた金貨袋をあわてて拾う。途方にくれた顔で見あげると、せっかく並んだ屋台は、すでに人混みの向こうに消えていた。

農村部が冬麦の収穫にわき立つ六月上旬。

ヨルク伯爵杯当日。南部山岳地帯の玄関口であるキルヒェムの街の中央広場には、観戦者をあてこんだ屋台がつらなり、祝祭のような賑《にぎ》わいをみせていた。

戦闘競技会にはさまざまな種類がある。国の命運をかけて戦う裁定《さいてい》競技会や、賞金をめあてに参加する地方競技会などだが、規模はちがえど娯楽《ごらく》としての側面は同じだ。

騎士が集まれば武具の商人が、見物客が押しよせれば土産物《みやげもの》を扱う露店が立ちならぶ。競技会の主催は富裕層の名誉ではあるが、開催費をかけてもなお、じゅうぶんな実入りが見こめるのだ。ヨルク伯爵の城から中央広場までの坂は、人や荷車が石畳《いしだたみ》を埋めつくすように行き来している。

聖堂の鐘が高らかに時を告げた。

ニナは丘の上の城を焦ったように見やる。

ヨルク伯爵杯は三人制。カミラが三個の命石を割る活躍をみせた一回戦は終わり、二回戦までの空き時間。ニナは中央広場まで昼食を買いにきた。

早く戻らないと、ほかの組の進行具合によっては食事の時間がなくなってしまう。そうなったらカミラたちは空腹で戦うことになる。事故を避けるためにも、競技会は万全の状態で参加するべきなのに。

――どうしよう。い、急がないと。

ニナは金貨袋を手に屋台へ近づこうとする。けれど子供と変わらない体格のニナが、我先にと殺到する大人たちのなかを、かきわけて進むのは難しい。

右へ左へ、前へ後ろへ。木の葉のように翻弄《ほんろう》されたニナが人混みから押しだされた、そのとき。

「――おっとあぶない。大丈夫?」

背中にしっかりと力強い感触がまわされた。

ニナは青海色の目を丸くする。

顔をあげると、にこっと笑顔が返ってきた。

フードを目深《まぶか》にかぶった青年が、倒れかけたニナを片腕で抱きとめている。

青年はおどろいて固まるニナをそっと立たせた。怪我はない、とのぞきこんでくる青年はかなりの長身だ。

フード付きの外套《がいとう》で服装まではわからないが、足元から大剣の鞘先《さやさき》が見えている。ニナを支えた反対の手には、屋台の軽食だろうか。香ばしい匂《にお》いのする紙袋をかかえていた。

「は、はい。あの、ありがとうございます」

ニナは首が痛くなるほど上を向き、こく、こくとうなずいた。

よかった、と目を細め、青年はニナの肩を抱くように屋台へ向かう。長身を器用にすべらせて人混みを抜けると、甘く端整な顔をよせてたずねてきた。

「なにを買うの？　……焼きソーセージを四本？　薄焼きパンにキャベツの酢漬けと挟んだやつ？　ああいいよね。おれも好き。ねえおじさん、おーじさん！　こっちこっち！」

青年はニナのかわりに注文する。

ニナはあわてて金貨袋を広げた。背伸びをして代金を払う。紙で包まれた四人ぶんの食事を受けとると、次の客に急《せ》かされるように屋台から離れた。

街路樹の下まで来たところで、あらためて青年に礼を言った。

「おかげさまで買えました。助かりました」

「いえいえ。この人混みじゃ、子供にはきついよね。でもえらいよ。家族のぶんまで買いにくるなんて」

「家族のぶん？」

ニナはきょとんとする。

あたりを見まわし、青年は心配そうな顔をした。

「お母さんたちはどこかな。観戦に来たの？　それとも町の子？　迷子になったら大変だし、よかったら、いっしょについていってあげようか？」

ニナは自分が、小さな子供だと思われていることに気づいた。

いまのニナはチュニックにズボンという、老若男女《ろうにゃくなんにょ》を問わない普段着だ。なかに鎧下《よろいした》は着ているが、補欠なので鎖帷子《くさりかたびら》は荷車に置いてある。なにより屋台にやっと届く背丈では、まちがわれても仕方ない。それにこの手の誤解は、実はそう珍しいことではない。

否定するのもいまさらだと思ったニナは、困ったようにうつむいた。

大丈夫です、と小声で告げ、逃げるようにその場を立ち去る。

競技会場である城へと急いだ。中央広場から出たところでふと振りかえると、外套の青年はクーヘンの屋台の前に並んでいる。

買い出しにきた競技会参加者かなと思いながら、ニナは坂を駆けあがっていった。

「なにやってるのよ！　遅すぎ！　いつまで待たせるのよ！」

城門の先に広がる中庭。荷物置き場に戻ると、カミラが待ちかまえていたように怒鳴った。

急坂をのぼって息がきれたニナは、すぐに言葉がでない。膝を手で支え、紙袋と金貨袋を差しだすと、荷車に腰かけたカミラは引ったくるように受けとった。

「買い物もまともにできないなんて、本当に使えないわね！　競技会の直前に食べたら、気持ち悪くなるでしょ！」

「ご、ごめんなさい。でもあの、中央広場の屋台、すごく混んでて、親切な人に助けてもらって、やっと……」

「言いわけしない！　あんたがグズなのが悪いのよ！　食事も用意してくればよかったのに、気がきかない補欠のせいで、とんだ迷惑だわ！」

カミラは苛々《いらいら》と紙袋をあける。

焼きソーセージにかぶりついたカミラに、ニナは急いで、ロバの荷物から水袋を渡した。身につけた甲冑《かっちゅう》が汚れないように手拭き布を用意し、プラムのはちみつ漬けを木皿によそう。

ヨルク伯爵杯は城の中庭でおこなわれる。

城門を入って左手が競技会場。右手が待機所として開放され、遠方から来た参加者たちの荷車が並び、食事や準備運動ができるようになっている。

「カミラ、ねえ大変よ！」

「次の対戦相手、去年の優勝隊だって！」

二人の少女たちが競技場の方から走ってきた。

指さした方向にニナが視線を向けると、闘犬のような面構《つらがま》えの青年が三人、甲冑で風を切るように歩いている。

カミラの顔が青ざめた。

甘酸《あまず》っぱいプラムをごくんと飲みこむ。相手にとって不足はないわね、と口の端をひくつかせると、不安そうな少女たちに食事をうながした。ニナが給仕をしているうちに、進行係の従僕が競技の開始を告げに来る。

二人の少女が覚悟を決めたように、鳥の頭に似た形の兜《かぶと》をかぶった。細長い凧型盾《たこがた》に腕を通したとき、カミラが唐突《とうとつ》にお腹をおさえる。

おどろく少女たちに、カミラは顔をゆがめた。

「ど、どうしよう。お腹が痛いの。さっきの食事、変な味がしたのよね。キャベツの酢漬けにあたったのかも……」

「ええ⁉」

「これじゃあ、競技会なんて無理だわ。わたしの防具を、早くニナにつけてやって」

カミラはさっさと甲冑を脱ぎはじめる。

お急ぎください、と従僕が競技場を振りかえった。少女たちはニナの動揺《どうよう》と寸法のちがいを無視し、あたふたと身支度《みじたく》をととのえる。

「あ、あの、そんな、わたし」

赤い命石《めいせき》が輝く競技会用兜を乱暴にかぶせ、矢筒《やづつ》を背負わせて短弓と凧型盾を押しつけた。うろたえるニナを引きずるように、少女たちは競技場へと走る。

木杭《きぐい》で囲まれた競技場は、長い方が七十歩ほどの長方形。戦闘競技会は三名から十五名の男女混合で、競技会の格式によって人数や会場の大きさが変わる。

規則は共通で、兜の命石を割られたら退場。相手を総退場させるか、制限時間を過ぎた場合は残り人数の多い方が勝ちとなる。

負傷は許容範囲だが、相手を死亡させた場合は反則負けとなり、競技会参加禁止などの罰則が科される。少なくとも建前《たてまえ》として、戦闘競技会は野蛮《やばん》な殺しあいではない。火の島から戦争を根絶するためにつくられた、平和的制度なのだ。

ツヴェルフ村の参加者は、従僕の案内で競技場の端に整列した。

周囲の見物客にざわめきが広がる。

「なんだあの子供は？」

「剣を持ってないじゃないか。いや、弓を持っているぞ」

「あの大きさは、長弓じゃなくて短弓だよな。まさかあれで、戦うつもりなのか？」

怪訝《けげん》な顔で、ほら見ろよ、と指をさす。

──な、なんで、こんなことに。

ニナはすくみあがった。

心臓が波うち、手足は凍りついたように動かない。

笑い声に視線を向けると、対戦相手の青年たちが腹をかかえている。

マジかよあのチビ、なんの冗談だ──嘲笑《ちょうしょう》の対象が自分だと気づき、ニナの身体《からだ》がさらに小さくなる。その拍子に体格にあわない甲冑がずれ、見物客から失笑がもれた。

中央に立った従僕が片手をあげる。

「ただいまより第三組の二回戦をおこないます。西側はコルトベルク村隊。東側はツヴェルフ村隊。制限時間は砂時計を三反転です。それでは、はじめ」

角笛《つのぶえ》の音が高らかに競技会の開始を告げる。

わっと歓声があがった。息をのんだニナの脇を、仲間の少女たちが走りぬけていく。

とり残されたニナは、どうしていいかわからない。おろおろしているうちに、大剣を抜きはなった騎士が甲冑を鳴らして迫ってくる。

ニナはあわてて背中の矢筒に手をのばした。

けれど大き過ぎる甲冑が邪魔をして、矢羽根に指先が届かない。必死に矢をつかもうとした手が兜の飾り布に引っかかり、ニナは仰向《あおむ》けに倒れてしまった。

痛みにうめいた顔に影がかかる。

「なーに寝てんだよ？　お嬢ちゃん？」

大剣を掲《かか》げながら、青年騎士はふんと鼻を鳴らした。

「戦闘競技会には何度も出てるが、弓を使う馬鹿は初めてだぜ。しかも勝手に転ぶとか意味がわかんねえ。ツヴェルフ村は破石王アルサウの子孫って聞いたが、偉大な先祖の血も大したことねえな？」

風音が鳴り、頭にはしる衝撃。

ニナが恐怖に目を閉じる直前、砕《くだ》かれた命石の破片が飛び散るのが見えた。

「相手は去年の優勝隊だし、負けても仕方ないわよ。ツヴェルフ村の騎士として、本当にがんばったわ」

カミラは少女たちの背を優しくなでる。

表情を一変。勝気そうな眉《まゆ》を逆立てると、肩を縮めているニナを睨《にら》みつけた。

「案山子《かかし》に期待なんかしてなかったけど、まさか転んで命石を割られるなんてね！　あんなまぬけを出すなんて、ツヴェルフ村の勇名も評判倒れだって、観客は呆《あき》れていたのよ！」

「ご、ごめんなさい。あの、矢を取ろうとしたら、兜の布に指が引っかかって、それで」

「自分の失敗をたなにあげて、兜のせいにするつもり？　そもそもあんたがおかしな昼食を買ってきたから悪いんでしょ。二回戦で負けるなんて大恥《おおはじ》だわ。賞金も手に入らないし、村の皆になんて報告したらいいのよ！」

競技会の歓声が聞こえる荷物置き場。カミラの非難に追従するように、少女たちが冷ややかな目でニナを見おろす。

二回戦は結局、全員が命石を割られて敗退した。

砂時計が一反転する前の決着は、カミラが激怒するまでもなく惨敗《ざんぱい》といえる。転んで終わったニナが責められるのは当然だ。腕を組んだ少女たちに取り囲まれ、ニナはただ謝るしかない。

ごめんなさい、本当にごめんなさい。何度も頭をさげたニナに、カミラは首の後ろを苛々とかいた。

「もういいわ！　どうせあんたは〈傷つける〉だけなのよ！　わたしたちの名誉も村の評判も。ロルフの左目がつぶれたのだって、あんたのせいじゃない！　村長の娘として悔しくて仕方ないわ。あの事故さえなければロルフはきっと、西方地域杯で破石王になれたのに！」

「──！」

ニナは下を向いたまま動きを止めた。

青海《あおうみ》色の目がみるみる潤み、下唇がきつく結ばれる。

カミラはふんと鼻を鳴らした。

思う存分にやりこめ、ようやく気がすんだのだろう。それより、と少女たちを見まわした。

「せっかく山をおりたんだし、古着屋でも見ていかない？　リーリエ国の〈金の百合《ゴルト・リーリエ》〉と呼ばれる王女が着るような、豪華な晴れ着が欲しいのよね。それに中央広場の屋台で、林《りん》檎《ご》のクーヘンでも買いましょうよ」

「……いいけど」

「……お腹はもう平気なの？」

怪訝そうな少女たちに、カミラは言葉につまったような顔をする。

まあね、と視線をそらした。


甲冑を脱いで鎖帷子《くさりかたびら》姿になった一行は、ヨルク伯爵の城を出て古着屋のある路地に向かった。カミラたちはニナに荷物番を命じると、店の軒先《のきさき》に飾られたドレスを指さして歩きだす。

賑《にぎ》やかな声が遠ざかるのを待ち、ニナは緊張の糸が切れたように座りこんだ。

薄暗い石畳《いしだたみ》の上で膝をかかえる。そんなニナを、荷車のロバが心配そうに見おろしている。

生まれて初めての戦闘競技会はあっという間に終わった。

そしてやっぱり——なにもできなかった。

転んで命石を割られただけ。呆れたような相手の表情も観客の笑い声も、胸に突き刺さるように残っている。しかもカミラは自分が用意した昼食のせいで欠場したのだ。競技会で活躍できなくても、少しでも役立ちたいと考えていたのに。

——どうせあんたは〈傷つける〉だけなのよ！　わたしたちの名誉も村の評判も。ロルフの左目がつぶれたのだって——

ニナはかかえた膝に顔をうめる。

今日の早朝、荷物の準備を手伝ってくれた両親を思うと、胸が痛くなった。

両親は騎士としてのニナの将来をとっくに諦め、頼りないその身を案じている。若いころは地方競技会で活躍した両親は、村民らしい身体を娘に与えられなかったと悔やみ、十七歳になっても短弓《たんきゅう》しか使えないニナを責めたりしない。

無理しなくていいと、力仕事に手間どるニナを助けてくれる。そんな両親がニナに厳しい顔を見せたのは、兄ロルフが片目を失ったときだけだ。

絶命した山熊のそばで泣くニナを払いのけ、血まみれで倒れる兄に駆けよった。取り返しがつかないと嘆《なげ》いた。あれ以来ニナと両親の間には、気まずい薄皮があるような気がする。

両親が今日のことを聞いたら、どんな顔をするだろうか。苦笑して、仕方ないと首をふるだろうか。

荷車のロバが前脚で石畳をかいた。

ニナは顔をあげ、よせられたロバの鼻面《はなづら》にしがみつく。

通りに目を向けると、坂の途中で石畳に絵をかく子供たちがいた。露店の前では母親たちが、買い物かごを腕にさげてお喋《しゃべ》りに興じている。

自分が街に生まれていたらと、ニナは漠然《ばくぜん》と思った。職人でも商人でもいい。親の仕事の手伝いをして暮らせたならば、戦闘競技会で笑われることもなかったろうか。

だけどこんな情けない身体では同じかもしれない。唯一の取り柄である弓矢だって、活用するには人並みの身体能力が必要なのだ。

ニナには山野を駆ける足も、獲物を運ぶ力もない。果物を落としたり、腹の足しにもならない小動物を狩ることしか――

目を伏せたニナの耳に、不意に大声が飛びこんでくる。

「誰か！　誰かその荷車を！」

何事かと視線を向けると、坂の上から荷車が走り落ちてくるところだった。ロバとの牽《けん》引紐《いんひも》が切れたのか、蛇行《だこう》する荷車を交易商の男性が追っている。

付近の通行人があわてて逃げた。

けれど石畳に絵をかく子供たちは動かない。あぶないぞ、と人々が怒鳴り、ようやく異変に気づいたが、迫る荷車におどろいて固まってしまう。

悲鳴をあげた母親たちの横を、外套《がいとう》姿の青年が走りぬけた。

目をみはるような俊足だが、しかし間にあわない――周囲が顔をそむけた、次の瞬間。

「――！」

しゅ、と鋭い風音がはしった。

うなりをあげて回転していた車輪の一つが弾け飛ぶ。

支えを失った荷台が石畳にたたきつけられ、満載していた果実と木片が散った。子供たちの直前で横転した荷車は、近くの建物にぶつかって止まる。

静寂のあと、子供たちの泣き声がわあん、とあがった。

どうやら車軸が壊れて車輪がはずれたらしい。石でも踏んだか劣化していたのか、偶然にしても運がよかったと、持ち主の交易商は額の汗をぬぐう。

「……止まっ……た……」

その様子を路地から見ていたニナは、腰が抜けたようにへたりこんだ。

左手には弦をふるわせる弓がある。

立ちすくむ子供たちを見て荷台の弓をつかみ、無我夢中で矢を放っていた。

激しく回転する車輪目がけて。少しでも方向がずれて欲しいと、そんな思いからの行動だったが。

――よかったです。た、助かって。

ニナはほっと胸をおさえる。

背後から怒鳴り声が聞こえてきた。

荷物番はどこよ、とのカミラの声に、弾かれたように立ちあがる。

あわてて走りだしたニナは、通りから向けられた視線に気づかなかった。

「あの子が……」

林檎や洋梨が散乱する坂の中腹。

外套姿の青年は、破損した荷車の木片から一本の矢を拾いあげる。ほうけたように頬《ほお》を染め、路地に消えていくニナを見つめた。

◇◇◇

「──そういうわけで二回戦負けだったのよ！　役立たずだと知ってはいたけど、まさか競技会中に自分で転ぶなんて！」

苛立《いらだ》ちもあらわなカミラの言葉。

周りで麦を刈る数名の少女が、ありえないわね、と声をそろえる。

ツヴェルフ村の冬麦畑。白い前掛けをつけた村娘たちは大鎌をふるい、たわわに実った麦穂を刈る。

体格もよく、大剣を使いなれている彼女らは実に手際《てぎわ》がいい。無駄話をしながらも麦を刈り、一抱えごとに結んでぽんぽんと荷車に積みあげていく。

村仕事は足腰を鍛える機会であり、見事な身体能力を発揮する場でもある。大競技場より広い畑を半日で耕すことも、暴れる雄牛《おうし》を押さえこんで家畜小屋まで運ぶことも。十人に一人は騎士団に入るツヴェルフ村民には難しいことではない。

だがそれは、村民らしい強靭《きょうじん》な体格に恵まれたものにかぎれば、ということだ。

ヨルク伯爵杯の翌日である今日。前掛けを胸の位置でつけたニナは子供用の小鎌を手に、ちまちまと麦を刈っている。

額には汗が流れ、表情は一生懸命そのものだが、効率は悪いことこの上ない。数本の茎《くき》をにぎっては刈り、小束をいくつも集めて、やっと人並みの麦束ができるのだ。

そんなニナを、カミラたちが冷たい目で睨《にら》んだ。

誰よりも先に畑に出ながら、仕事を終えるのは最後という要領の悪さ。見ているだけで苛々すると、苦虫《にがむし》を噛《か》みつぶしたような顔をそむける。ところでキルヒェムの街の古着屋で、と話題を変えた。

気に入ったドレスが小さくて残念だったことや、街で買える衣類は細身だという愚痴《ぐち》。娘らしい雑談をしていると、あぜ道の方から呼ぶ声がする。

年配の女性が両手をふって怒鳴った。

「大変だよ！　勧誘だ！　ヨルク伯爵杯に出たツヴェルフ村の参加者を騎士団にって、若い男が――」

カミラたちは我先にと畑から出る。

前掛けをひるがえし、あぜ道を暴走して水車がまわる小川を飛びこえ、教会脇の坂を土煙をあげて駆けおりた。

林檎の木が枝葉を広げる村の広場。

村長たちに一人の青年が囲まれている。大柄なツヴェルフ村民と比較してなお頭半分は背が高い青年は、足首までおおう旅用外套をはおっていた。

カミラの父である村長が、来ましたぞ、と声をあげる。

新緑色の目がみひらくようにカミラに向けられた。

端整な甘い顔立ちをぼうっと眺め、カミラの頬が林檎のように赤く染まる。

「やだ、すごい格好いい……じゃなくて、光栄です！　どうしよう、今回は諦めていたのに！」

「え？」

「一回戦では三個の命石を奪えたんですけど、補欠が用意した昼食が傷んでいて、体調が悪くなってしまって。二回戦も補欠の失敗で負けたから、実力を発揮する機会がなくて」

「えーっと」

「で、どこの騎士団ですか？　あなたのような騎士が所属するなら、由緒《ゆいしょ》正しい名門の？　それとも大貴族が所有する？　まえにナルバッハ街の騎士団に誘われたときはお断りしたんですよ。だって田舎《いなか》の弱小騎士団なんて馬鹿らし――」

「あ、きた！」

青年は破顔《はがん》して声をあげる。

その目は両手で頬をおさえるカミラを素通りして、遅れて広場に到着したニナをうつしていた。

青年はカミラに向きなおると首をかしげる。

「ごめんね？　おれが探していたのは君じゃないんだ。あともう一つごめんね。薄パンで挟んだソーセージを品定めしたの、おれ。作りたてなのに傷んでたなんて不思議だね。ともかく一生懸命お使いしていた彼女を、責めないであげて？」

絶句したカミラに背を見せる。

村人の注目のなか、青年は肩で息をしているニナに近づいた。

気づいたニナが顔をあげる。

目深《まぶか》にフードをかぶった青年の顔立ちに、あ、と思いだしたような表情をした。

「よかった。覚えていてくれたんだ？」

ニナはうなずいた。キルヒェムの街の中央広場で、屋台で困っていた自分を助けてくれた親切な青年だ。

ニナは姿勢を正し、その節はありがとうございました、と頭をさげる。

青年は目を細めて苦笑した。

「あれくらいで大げさだよ。それにおれ、謝らなきゃ。小さくて可愛《かわい》いから、親にお使いを頼まれた子供かなって。怒ってない？」

「お、怒ってなんてないです。小さいのは、本当ですし」

ニナは胸の前に出した両手をふる。

体格が十歳程度のニナは、年下に思われることが珍しくない。薪《まき》や皮革《ひかく》製品などを街に売りにいくと、子供が大変だなと、露店の場所をゆずってもらえることがある。客からお菓子を渡されたり、また逆に馬鹿にされて、強引に値切られることもある。

「本題の前に、名前。君の名前、聞いてもいい？」

「はい、ニナです。ニナです、けど」

「ニナ。うん、覚えた。おれはリヒト。それでね、おれが来たのは――っと。お願いするのに、見おろす姿勢じゃ失礼だ」

リヒトはすっと片膝をつく。

外套のフードをはずすと、長毛種の猫のような金髪がさらりと揺れた。不揃《ふぞろ》いな前髪がかかる額の下の、新緑色の目がまっすぐに向けられる。

ニナの胸がどきりと鳴った。

恭《うやうや》しくひざまずき、外套を肩布のように流したリヒトの姿は、まるで姫君に忠誠をささげる高貴な騎士のようだった。

リヒトは左手を差しだす。

リーリエ国章の刻まれた指輪が初夏の陽に輝いた。

「今日は勧誘に来ました。ニナ、おれの騎士団に入ってくれませんか？」

しん――と落ちた静寂。

村人たちは顔を見あわせた。想定外すぎる出来事にはすぐに対応できないものだ。いまなんて、はあ、と気のぬけた声がもれる。

ニナは不思議そうな表情をした。

片膝をつくとニナと同じ頭の位置になるリヒトは、期待に満ちた目をしている。

ニナは初めて聞いた異国語の意味を問うようにたずねた。

「おれの騎士団に入る、って？　わ、わたし……が？　あの、下働きが必要ってことですか？」

「ちがう、ちがう。騎士団に所属する〝騎士〟になって、〈ある戦闘競技会〉に出て欲しいってお願い。おれの騎士団――えーっと〈クレプフェン騎士団〉ね。いま人数が足りなくて、新団員を探してるんだ。国内をまわってキルヒェムの街に立ちよったら、たまたまニナを見つけたってわけ？」

「で、でもキルヒェムの街ってことは、ヨルク伯爵杯を見たんじゃ」

「うん。見たよ？　コルトベルク村と対戦した二回戦。ニナが自分で転んで、命石を割られて負けたとこ」

「だったら」

「それと――あれも見ちゃった。ニナが路地から矢を放って、荷車の車軸を射ぬいて子供を助けたとこ」

　リヒトは口の端に手をあて、とっておきの内緒話をするように声をひそめる。

　ニナは目をみはった。

　子供の危機を目の前にして、思わず弓を手にとった。場合によっては通行人にあたったかも知れない。あとから考えてその無謀《むぼう》さに、ふるえるほど怖くなった一矢《いっし》。

　リヒトはにこっと笑った。

「心配しなくて大丈夫。気づいたのは矢を拾ったおれだけだから。で、探していたのはこの子だって思ってさ。まわる車軸をどんぴしゃで射ぬいた弓術があれば、〈奴〉の命石も狙えるかもって。それでヨルク伯爵の城で参加者を確認して――え、ちょっと⁉」

　ニナは身をひるがえした。

井戸の近くでつんのめるように転ぶ。身を起こしてふらふらと走り去る姿を、リヒトは呆気《あっけ》にとられて見おくった。

カミラが唐突《とうとつ》に声をあげる。

「あの！　すいませんけど！」

自分への勧誘だと興奮したのもつかの間。君じゃない、と否定されたのが屈辱《くつじょく》だったのだろう。村人たちの目の前で。しかもよりによって、ニナが選ばれるなんて。

カミラは不機嫌そうに腕を組み、つっけんどんに言いはなった。

「なにか思いちがいしてません？　だってあの子、とても騎士団なんて無理ですよ！　背は低いし力はないし、大剣は持つのがやっとで、砂時計一反転も足がもたないし！　騎士団に入れて、いったいなんの役に立つんですか⁉」

「はあ？」

「〈役に立つ理由〉は、とりあえず秘密」

「にしてもびっくり。こんなにあっさり逃げられたこと、お茶の誘いでもないんだけど」

リヒトは頭をかいて立ちあがった。

西の空に目をやると、太陽は山麓《さんろく》の稜線《りょうせん》に近づいている。

リヒトは村長に向きなおり、今晩は村に泊めて欲しいと頼みこんだ。

娘カミラが恥《はじ》をかかされたことで、村長は複雑そうな顔をする。けれど納屋《なや》でもいいですと両手を合わせられれば、断るのも大人げない。

村長が渋々うなずいたとき、鳥の群れが夕空に飛んだ。

◇◇◇

――怖くなって逃げてしまいましたが、あの人はいったい、なんだったのでしょう？

ニナは布団に鼻先までうまり、月光が射しこむ天井を見あげる。

両親との夕食のあと、普段と同じ時間に寝台に入った。けれどいくら目を閉じても、やってくるのは眠りではない。クレプフェン騎士団員を名のるリヒトの顔だった。

ニナが勧誘されたことは日暮れの鐘までには村中に広まった。

ツヴェルフ村の民に騎士団が声をかけることは珍しくない。騎士団に所属した村民は各地の戦闘競技会で名をはせ、無頼者《ぶらいもの》の討伐《とうばつ》など治安維持に貢献する。その活躍は村の勇名を高め、さすがは破石王アルサウの血筋だと、勧誘の機会をさらに増やすことになる。

それゆえツヴェルフ村は騎士団員の訪問には慣れているが、目的が〈貧弱なチビ〉のニナだとは想定外だった。

したがって村民が考えたのは、かんちがい、悪戯《いたずら》、まさか近ごろリーリエ国を荒らす野《や》盗《とう》の手引き――等々。それはニナの両親とて同様で、夕食の手をとめて困惑するだけだった。

――たぶんなにかの思いちがい、ですよね。街で助けてくれたし、リヒトさんは悪い人ではなさそうですし。

ニナは村の共同納屋で寝ているだろうリヒトのことを考える。

兄ロルフと同年代に見えるリヒトは、ずばぬけた長身や無駄のない動きこそ兄を彷彿《ほうふつ》とさせるが、人柄はまったくちがった。

謹厳《きんげん》という言葉を具現化したような兄は、口数が少なく愛想もない。近づけば遠ざかり、視界に入れば顔をそむけられる。だからニナは兄と同じ部屋にいるだけで足がすくみ、兄の帰省明けには緊張から解放されて、熱を出すほどなのだ。

対するリヒトは向日葵《ひまわり》のように快活で、人懐こくよく笑う。放牧した牛を集めるのを手伝ったり、そのお礼に夕食に呼ばれたり。気さくに村に溶けこんでいたと両親から聞いた。

そしてニナの心にはリヒトの言葉が、曇り空を晴らす陽光のように残っている。

――探していたのはこの子だって思ってさ。まわる車軸をどんぴしゃで射ぬいた弓術があれば、〈奴〉の命石も狙えるかもって。

まさかとは思う。

なにかのかんちがいだとは思う。

だけど忘れられないのは、リヒトの言葉が生まれて初めて聞いた言葉だったからだ。ニナの価値を認めて会いに来たと告げた、鮮やかな葉色の目に嘘がなかったからだ。

──今日は勧誘に来ました。ニナ、おれの騎士団に入ってくれませんか？

ニナはぶるぶると首をふる。

なにかの予感を覚えそうになる自分を、馬鹿なことだと戒《いまし》めた。

リヒトがどういうつもりでも、あのヨルク伯爵杯が現実だ。転んで笑われて迷惑をかけるだけだった。そんな自分が騎士団など、身のほど知らずを通りこして妄想だ。

「冷静に考えれば当然です。わたしはカミラのように強くないし、強くなれるとも思えません。騎士としてなにか、できるかも知れないなんて……」

口に出すと村人の嘲笑《ちょうしょう》がよみがえる。

試し斬《ぎ》りの案山子《かかし》、貧弱なチビ、出来そこない──ニナが布団をきつくにぎったとき、鐘の音が聞こえた。

「──？」

華奢《きゃしゃ》な肩がびく、とはねる。

木戸の向こうから人の声や物音がした。

教会の鐘は時間や異変を村に伝える。胸騒ぎがしたニナは、寝台からおりて窓辺に向かった。踏み台にのぼり、閂《かんぬき》をずらして木戸をあけると。

「うわ！」

木戸がぶつかる感触と男性の声。

おどろいたニナは体勢を崩して踏み台から落ちた。

しかしさっとのびてきた腕が、ニナの背を抱えこむようにつかまえる。

「⁉」

ニナの鼻に押しあてられた金属の感触。顔をあげると窓から身をのり出すようにして、
リヒトがニナを抱きとめていた。

「あぶなかった！　急に開くなんて思わなくて。あ、ごめん！　おれ、甲冑《かっちゅう》なのに！」

リヒトはニナの背にまわした腕をゆるめる。

痛くなかった、と至近距離でのぞきこまれ、ニナはひゃ、と首をすくめた。

部屋の外にリヒトがいたことも、抱きとめられたことも。予想外のことに頭がうまく働かない。

リヒトは肩越しに振りかえった。

暗闇に沈む村の果てに、気配を探るような鋭い視線を向ける。

親しみやすい態度を一変させた騎士の表情に、ニナはしばし見とれた。

外套《がいとう》を脱ぎ、灰銀色の甲冑に身を包んだ長身はしなやかで隙《すき》がない。月光に輝く猫のような金髪もあいまって、闇夜にひそみ獲物を狩る野生の獣のようだった。

「ニナ、おどろかないで聞いてね。いまね、侵入者が村を襲撃しているんだ」

「ええ⁉」

リヒトはしーっと唇の前で指をたてた。

ニナは両手で口をおさえ、小さくうなずく。

「でもさすがは優秀な騎士を多く出すっていわれる村だよね。異変を察した村人はすぐに教会の鐘を鳴らして、武装した男たちが集まった。松明《たいまつ》の動きを見ると、休耕地のあたりで戦闘になっているみたい」

リヒトは顎先《あごさき》に手をあてて考えこむ。

「問題は、侵入者が家畜や食料を狙った普通の野盗か、それとも〈おれの考えている連中〉か、なんだけど。誰かの故郷が近いのか、手あたり次第なのか。ああごめんね、わからない話をしちゃって！」

困惑顔のニナに気づくと、リヒトは苦笑する。

ニナの背中に片腕をまわしたまま、言葉をつづけた。

「で、おれが来たのは……別に不埒《ふらち》な気持ちで忍びこもうとしたんじゃないよ？　この腕は逃げられると困るのと、ほんのちょっとの役得。今夜はとりあえず〈試そう〉と思って」

「試すって、あ、あの？」

「おれがなんで君を勧誘したか、説明するってこと。正直ね、おれも成功するかどうかわからない。だけどそんな〈想定外な方法〉だから、うまくいけば〈奴〉にも通用すると思うんだよ。つまりね」

リヒトはニナの耳元に唇をよせる。

ささやかれた――まるでそれは魔法の言葉。

ニナは青海色の目を丸くした。

リヒトはにこ、と楽しそうに笑う。

本気なのか。まさか。ありえない。

ニナはリヒトの腕から逃れるように、激しく首をふった。

「そ、そんなの無理。無理です！」

「言うと思った。でもやってみなきゃ、わからないでしょ？　おれの攻撃って〈せいぜい十人並み〉なんだよね。防御の方はまあまあで、割られた命石の数は騎士団でいちばん少ないんだけど、割った命石の数もいちばん少ないっていう微妙な感じ？　だったらいっそ攻撃を捨てようってさ。あ、手頃な〈的《まと》〉が来たみたい」

ようやくニナを解放し、リヒトは剣帯《けんおび》の大剣に手をかける。

闇の果てを移動する松明の灯はまだ遠い。けれどなかには迎撃を逃れ、村へと入りこんだものもいるのだろう。

家屋の影から生まれでるように、外套姿の侵入者が姿を見せた。頭全体をおおう樽型兜《たるがたかぶと》と、剣の切っ先が月光に反射する。

「それじゃ、さっそくはじめようか？」

「は、はじめるって、あの、ちょっと、リヒトさん！」

「さっき言った通り、おれは攻撃しないからね。そういうことで、よろしく！」

くるぶしまで届く長大な剣を抜きはらい、リヒトが走りだす。侵入者が応戦し、金属音が夜闇に飛んだ。

――よ、よろしくと言われても。

おろおろとおよいだニナの目が、壁に立てかけてある弓矢にそそがれる。

ニナはともかく弓と矢筒《やづつ》を手にした。踏み台をよじのぼり、窓から外へと出る。

膝丈の寝間着に裸足《はだし》。剣戟《けんげき》をたよりに近づき、物陰に隠れて様子をうかがった。

けれど家畜小屋の前でリヒトと剣を交わす侵入者は、とても弓で狙えるとは思えない。

月夜とはいえ、表情がやっとわかる程度の視界なのだ。侵入者を射ぬくつもりが、リヒトにあててしまっては取り返しがつかない。

――やっぱり無理です。こんな無茶なこと、わたしにはできません。

ニナは弓と矢筒を力なく見おろした。

それを見越していたかのように、侵入者の剣を軽快に受けているリヒトが、背を向けたまま言う。

「心配ないよ！　思ったよりずっとのろまだし、これならあの荷車の方が速い。怖いなら、こいつの兜を車輪だと思えばいいよ。車輪はニナを襲わない。おれは絶対、こいつを君のもとへは行かせない。だから安心して狙って大丈夫。ね？」

のろま扱いされた侵入者が怒気を発する。

引けば追い、追えば引く。まるで足止め役の猟犬のように。執拗《しつよう》に守備に徹するリヒトに苛立《いらだ》ちも感じていたのか、勢いを増した剣がうなりをあげた。

「おっと！」

リヒトがわずかに体勢を崩した。

月光に輝く金髪が影に隠れ、かわりに侵入者の兜があらわになる。

ニナは無意識に矢羽根をつかんでいた。

――戦闘競技会で弓が使われないのは、遠距離武器の利がいかせなくて、防御が薄いから。その弱点を、おれがおぎなう。おれが守備に徹するから、その間に、ニナが攻撃をして欲しい。車輪の軸を射ぬいたその弓の腕で、おれ自身を〈盾〉に、相手の命石を落として欲しいんだよ。

耳の奥に残るリヒトの声。

導かれるように、ニナは弓をかまえる。

青海色の目がみひらかれた。矢尻の先端がさだまったと同時、弓弦《ゆんづる》の音が鳴る。

「！」

がん、と弾かれたように兜が飛んだ。

尻もちをついた侵入者は、おどろいて周囲を見まわす。頭部を襲った衝撃の正体はわからないが、すぐそばに村民がいると思ったらしい。

外套で顔をおおうように逃げだした侵入者に目もくれず、リヒトは足元に転がる兜を拾いあげる。

目元以外をおおった樽型兜の頭頂部には、腕の長さほどの矢が刺さっている。

その先端は兜の中心から——指先ほどのくるいもない。

「やった！」

兜をほうり投げ、リヒトはニナに駆けよった。

弓を放った姿勢のままのニナを、その弓ごと抱きあげる。

「ひゃ⁉」

「すごいよニナ！　初めてなのにど真ん中なんて、想像以上だよ！　これが本番なら命石にどんぴしゃだ！　これならいける！　きっといける！」

喜びに紅潮させた頬《ほお》を、ぐいぐいと力任せにすりよせた。

弓弦は耳にこすれ足はぶらんと宙に浮き、ニナは苦しいやら恥ずかしいやら。うめき声をもらすと、リヒトがごめんごめん、と腕をゆるめた。

裸足のニナをそっと地面におろす。

昼間と同じように片膝をつくと、真剣な表情でニナを見た。

「やっぱり君だ。おれが探していたのは君だった。ねえニナ、あらためてお願い。おれの騎士団に入ってください。どんな嵐にも決して屈しない、気高い白百合《しらゆり》を守るリーリエ国の騎士として」

「リーリエ国の……騎士……」

「君には、君の気づいてない特別な価値があるんだ。誰も持っていないとびきりの宝物。その宝物を、おれといっしょに見つけてみない？」

リヒトは悪戯《いたずら》っぽく微笑《ほほえ》んだ。


――数日後。

冬麦の脱穀《だっこく》作業も忙しいツヴェルフ村に、外套姿の男女があらわれた。

応対に出た村長は警戒をみせる。〈クレプフェン騎士団員〉を名のる青年が訪れ、その夜に野盗《やとう》が村に侵入して日も浅い。

フードを鼻先までかぶった二人組は顔を見あわせた。男性は村長に近づくと、これを、と告げて左手を差しだす。

示されたのは王城の兵士や街の警吏《けいり》など、公務に携《たずさ》わるものが身につけるリーリエ国章の指輪だ。

百合紋章が刻まれた特に珍しくもない指輪。しかし開かれた印台の下からあらわれた別の、紋章に、村長は絶句して目をむいた。

「き、騎士の、指……」

穏やかそうな風貌《ふうぼう》の男性は、どうぞ御内密に、と微笑む。

「わけあってリーリエ国内で頻発《ひんぱつ》する襲撃事件の調査をしています。ツヴェルフ村に侵入した野盗の特徴、経緯、被害状況につき、村民への聞き取りをしたいのですが」

村長は啄木鳥《きつつき》のようにうなずいた。

わけあっての〈わけ〉がなにを意味するかは知らない。襲撃事件については付近を管轄《かんかつ》するヨルク伯爵に、すでに届け出てもいる。しかし印台の下に隠された紋章を見た以上、リーリエ国民として断る選択肢《し》はない。

村人が広場に集められ、さっそく聴取がおこなわれた。

数はおよそ三十名。夜間のうえ、兜や外套で隠された身体的特徴は不明。家畜が殺されて数人の村民が負傷した。侵入者はひとしきり村を荒らしたあと、口笛を合図に逃げ去った――

外套姿の男女は小声で言葉を交わす。

「概要《がいよう》を聞くかぎり、各地で起こっている襲撃事件と似ていますね。深追いをせず、襲撃自体が目的だと言わんばかりの手口です。とするとこれも一連の」

「〈例の野盗〉ね。そして狙いも明らかだわ。襲撃事件の噂《うわさ》に物騒な尾ひれをつける。恐怖をあおってわたしたちの勧誘活動を妨害する。このぶんじゃ、これから会いに行く子爵家子息もたぶん居留守ね」

女性はふうとため息をつく。

男性が遺留品の兜を調べていると、村人のなかからカミラが大股《おおまた》で歩みよってきた。農作業の途中だったのだろう。貫禄《かんろく》のある前掛け姿で、背後には二人の少女をつれている。

気づいた女性が鼻先までのフードを軽くあげた。

大輪《たいりん》の百合のような美貌《びぼう》がちらりと見え、カミラと少女たちは息をのむ。王都の貴族令嬢だと言われても納得の華やかさ。カミラは怯《ひる》んだような顔をしたが、お伝えしたいことが、と鼻息も荒く切りだした。

「襲撃事件の直前に、おかしな男が来たんです！」

「おかしな男？」

「ええ！　いかにも頭の悪そうな、ちゃらちゃらした金髪の男です！　意味不明なことを言って、村でいちばん弱い、チビな役立たずを勧誘したんです。〈クレプフェン騎士団〉

の騎士だって、名のってました」

「クレプフェン騎士団……」

「聞いたことのない騎士団でしょう？　わたし気になって、野盗の被害を届けでるときに、領主のヨルク伯爵に確認したんです。そうしたらリーリエ国に、そんな名前の騎士団はないって！」

詐欺師《さぎし》ですか、人さらいですよね、と少女たちは目を輝かせる。

外套姿の男女は微妙な表情で顔をよせた。

「クレプフェンってあれよね、副団長？」

「〈彼〉の育ったシレジア国の郷土菓子ですね。そういえば〈彼〉は、南の方で探してみると言っていましたが」

「食い意地が張るにもほどがあるわ。〈ジャムドーナツ騎士団〉なんて、正体を偽るにしてももう少し、ましな名前をつければいいのに」

ぼそぼそとしたやり取りに、カミラと少女たちが怪訝《けげん》な顔をする。

察した女性に目で合図され、男性はうなずいた。誠実そうな微笑みを浮かべると、もっともらしい口調で告げる。

「騎士団といっても大貴族が所有する騎士団から、街の警吏をかねる騎士団までさまざまです。行政区の長《おさ》はその地方の騎士団を把握《はあく》していますが、有志の集まり程度はわからないはず。おそらくは辺境の小騎士団が、誰でもいいからと勧誘にきたのでは？」

「つまり〈クレプフェン騎士団〉はあの子を誘うくらい団員不足で困っている、田舎の貧乏騎士団ってことですか？」

「まあ、団員不足は切実な課題でしょうね」

男性の返答には妙な真剣味がある。

カミラはなーんだ、と肩をすくめた。

少女たちと意味ありげに視線を交わす。貧乏だって、薄給でこき使われるんじゃない、可哀想《かわいそう》に、と意地悪く笑いあう。

満足そうに立ち去る後ろ姿を見おくり、女性がぽつりとつぶやいた。

「〈赤い猛禽《ブルート・フォゲル》〉と戦うなんて、たしかにその子は可哀想ね」

「ベアトリスさま」

男性は気づかわしそうな顔をする。

女性は遠く西の空を見あげた。

王都の先、異国の競技場に倒れた仲間を思い、目を細める。

「鎖を解き放たれたガルム国の化物は、次は誰を餌《えさ》にするのかしら。これ以上の犠牲が出るのなら、リヒトがどれだけがんばっても、きっとわたし――」

2

——その島は〈火の島〉《イグニス・インスラ》と呼ばれた。

島の中央に火山帯を有するのが由来だが、名前が災《わざわ》いをまねくのだろう。島全土を支配した古代帝国の衰退をきっかけに、戦乱が勃発《ぼっぱつ》。大地が戦火に包まれ、無数の小国が乱立しては消えていった。

土地は荒れはてて食料不足が深刻化。困窮《こんきゅう》が争いを呼び、略奪が新たな飢《う》えを生む悪循環で、島の半分が焦土と化した。

暗黒の時代に終止符《しゅうしふ》を打ったのは、古代帝国最後の皇帝オルトゥス。

火の島が戦乱に滅ぼされることを恐れた皇帝オルトゥスは、争いの愚を説《と》いてまわった。腰抜けだと笑われ、ときに刃を向けられ。けれど戦火に疲弊《ひへい》する国々は、その言葉に耳をかたむけるようになる。

そうして十年後、皇帝オルトゥスの熱意は〈国家連合〉《リントヴルム》の樹立として実を結ぶ。

火の島に存在する百をこえる国々が国家連合に加盟し、その総意として〈戦闘競技会制度〉が誕生した。

いわく――国家間の戦争を永遠に禁止する。紛争解決手段として、国家騎士団同士の戦いをもってこれにあてる。勝敗に応じて裁定をくだし、したがわぬ国には国家連合が、制裁的軍事行動をもってこれを滅ぼす。

皇帝オルトゥスは初代議長として制度の定着に尽力する。

試行錯誤《しこうさくご》をかさね、落ちつくのに十年。

さらに十年後には、土地が回復して収穫高《しゅうかくだか》が向上。人口が増加して産業と文化が発展し、火の島は花咲き乱れる緑の楽園《ウイリデ・パラディス》となった。

古代帝国最後の皇帝は、それを見届けたように生涯《しょうがい》を終える。

そうして三百年後の現在、火の島の国々は戦闘競技会制度に守られた平和を享受《きょうじゅ》していた――

「リヒトさん、あの大きな街のお城、すごく立派ですね。たくさんの塔《とう》が集まった山のようで、白金色の屋根と二重の城壁に、リーリエ国旗がいくつも掲《かか》げられていて」

「そうだね、王城だもん。ていうかニナって目がいいの？　おれなんか旗の模様どころか、青い点にしか見えないな。あと〝さん〟はいらないよ。呼び捨てで大丈夫」

「と、とんでもないです。リヒトさんはわたしより五歳も年上です。それで〈王城〉というと、リーリエ国の国王陛下のお城、のように聞こえるのですが……」

「うん。だってあの街が王都ペルレで、真ん中でえらそうな顔をしてるのが王城、いわゆる〈銀花の城《ラルジャン・フルル》〉だし？」

山間《やまあい》の街道をくだっていく馬の上。ニナを後ろに相乗りさせたリヒトは、肩越しに振りかえって答えた。

初夏の日差しに猫の毛のような金髪が輝く。

片手で器用に手綱《たづな》をあやつり、林檎《りんご》のクーヘンをのんきに食べるリヒトに対し、背後のニナはリヒトの外套《がいとう》をつかむ手に力をこめる。

――あれが王都で、あのお城が有名な〈銀花の城〉。

ツヴェルフ村を出立《しゅったつ》して三日。旅慣れないニナを気づかい安全な街道を選んだ道中は、物見遊山《ものみゆさん》かと思うくらい快適だった。

そんな道のりの終着点。新緑の平原にそびえる城を眺め、ニナは急に不安になる。

初夏の午後に旅用外套は暑いはずなのに、なぜか背筋がひやりとした。騎士団員が足りないということで、小規模な街の騎士団を想像していたけれど、まさか王都の名門騎士団なのだろうか。

「あの、〈クレプフェン騎士団〉とは、王都の貴族の方が所有する騎士団ですか？　それとも、近くの街が運営する……」

「あ、それね、うそ。ごめんね？」

「は？」

リヒトはクーヘンを飲みこんだ。

さすがに誤魔化《ごまか》すのも限界だよね、と視線をおよがせる。

「本当のこと言ったら断られると思って。〈クレプフェン〉ってさ、シレジア国名産のお菓子なんだよね。ジャム入りドーナッツに粉砂糖をまぶした揚げ菓子で、久しぶりに食べたいなって思ってたら、つい口を出た感じ？」

「ジャムドーナッツ騎士団……」

「あ、その表現いいね。童話みたいで可愛《かわい》い。まあそれで、おれが所属しているのはなんていうか……えーっとね、リーリエ国が所有している騎士団、みたいな感じの？」

リヒトは左手の指輪に触れ、正角型の印台をあける。

リーリエ国章が刻まれた蓋《ふた》の下から、国章にオリーブの葉を加えた別の印章があらわれた。

オリーブの葉は知恵と勇気、そして白百合を守る騎士を意味する。

見まちがえようがない。戦闘競技会で誇り高くひるがえる国家騎士団の団章だ。とするとこれは、国家騎士団員のみが許されるという〈騎士の指輪〉で。

「……なら、わたしが勧誘された騎士団って、こ、こっか……」

ニナの全身から血の気が引いた。

外套をにぎる手がふるえ出したことに気づき、リヒトは想像より全然たいしたことないよ、とあわてて言う。

王都の東側、遠くの山間まで鬱蒼《うっそう》と広がる樹林帯を指さした。

「あの〈迷いの森〉のなかに、国家騎士団のヴィント・シュティレ城が——名前が長いから団舎《だんしゃ》って呼んでる城があるんだ。古代帝国頃の大貴族の持ち物らしくて、悪霊《イビル》が一族で棲《す》んでいそうな年代物でね。そうだよ、ニナで二人目だ。女性団員が少なくて、あいつが前から不満をもらしてたんだよね。西方地域でもマルモア国の騎士団なんか、半分は女の子っていうか女傑《じょけつ》だしさ。団舎の私室は男女で塔が別だから、夜とか一人だとつまんないじゃない？　食堂のおばちゃんが一階で寝起きしてるけど……って、あれ？　ニナ？」

微妙な空気を誤魔化すようにぺらぺらとつづけ、リヒトはようやく、ニナが背後から消えたことを知った。

外套を控え目につかんでいた手が見あたらない。本当はかなり前に逃げていたのだが、あまりの軽さに、リヒトも馬も気づかなかったのだ。

リヒトは手綱を引いて馬首を返した。

どこだと探すまでもなかった。数十歩先を亀の歩みで遠ざかるニナのもとへ、数秒とかからず駆けもどる。

　ぜえぜえと顎《あご》を突きだすように坂道をのぼるニナを眺めると、リヒトは馬と顔を見あわせた。

　かっぽかっぽと蹄鉄《ていてつ》を鳴らしてあとを追う。

　しばらくして遠慮《えんりょ》がちにたずねた。

「……ニナ、なにをしているのか聞いてもいい？」

「ご、ごめんな……さい。やっぱり……だめです。わたしには、無理です……！」

　リヒトはあーと声をあげる。

　息をきらせて逃げていくニナの姿に頭をかいた。逃走というにはささやか過ぎる行動に、捕まえるのも気が引けるなという顔をする。

　リヒトは馬を飛びおりると、ニナの前方にまわりこんだ。

「大げさに考えなくて大丈夫だって！　名前はえらそうだけど、中身は普通の騎士団と変わらないよ？　ていうかむしろ酷《ひど》いよ？　〈きつい、きたない、きけん〉の三重苦で、仮入団中に想像とちがうって逃げられたり、最近は勧誘に行っても仮病とか──あ、ちょっと！」

　ニナは耳を両手でふさいで首を横にふる。

　脇をすり抜ける小さな身体《からだ》に、リヒトは手をのばした。なんとなく首根っこをつかみたい衝動にかられたが、とりあえずニナの腰を両手で挟みこむ。

背後から持ちあげられ、ニナは捕獲された子兎《こうさぎ》のような悲鳴をあげた。

「わきゃ⁉」

「女の子に断りもなくごめんね。でもちょっと落ちつこうよ。長旅でニナも疲れていると思うし、王都のさ、おれの行きつけのカフェで果実水《かじつすい》でも飲みながら、今後のことを相談しよう？」

「そ、相談することはありません！　国家騎士団なんて絶対に無理です。安請けあいをしたことは謝ります。ですからどうか、このまま村に、帰してください！」

ニナは肩越しに振りかえり、お願いです、と足をじたばたさせる。

リヒトは困ったように首をかしげた。

「だからそんなに、身がまえなくても平気なんだけどなあ。そりゃあ国の命運を左右する至高の騎士団――なんて聞けば、高潔な騎士の集団を想像するだろうけど、実際は適当だよ？　大酒飲みも怠《なま》けものも女にだらしないのも、悪戯《いたずら》妖精みたいのも年に一度しか喋《しゃべ》らないのもいて……あれ、あれ、ほめてないな」

「身がまえているとか、それだけじゃないんです。ともかく国家騎士団は、だめなんです。あ、会ってしまう前に、はやく――」

「なにをしている」

不意に聞こえてきた固い声。

ニナの身体がこわばった。

ほんの一瞬、呼吸を忘れた唇が、うそです、という形に動いた。

――い、いまの、いまの声は。

リヒトはニナを両手で持ったまま振りかえる。

すると旅用外套姿の男が、馬上から彼らを見おろしていた。

ニナは青海色《あおうみ》の目を驚愕《きょうがく》に丸くする。

男の顔の左半面は長い黒髪でおおわれ、そしてあらわな右目はニナとまったく同じ。清廉《せいれん》に澄んだ海色をしていた。

「ロルフじゃん。なにその大荷物。また遠乗りついでに、おばちゃんに買い物を頼まれたの？」

リヒトはきょとんとした顔をする。

男の馬の腹には肉厚のベーコンが両側にさげられ、背中の籠《かご》からは太腿《ふともも》のようなズッキーニが飛びだしている。

王都から団舎へは〈迷いの森〉を抜ければ砂時計を三反転ほどだ。けれど国家騎士団の機密性を守るため、王都へ行くときも最短距離ではなく、森の隠し通路から山間を迂回《うかい》したり、街道を遠まわりするのが常である。

団舎のおやじ連中に頼むと酒樽《さかだる》しか買ってこないしね、とリヒトは苦笑した。石のように硬直しているニナをそっとおろす。

ちょうどよかった、とロルフを見あげた。

「入団候補者なんだけど、いっしょに説得してくれない？　えっとね、ニナ。このロルフも国家騎士団員で、性格はむっつりで陰気でくそつまんなくて……またほめてないな。でも腕は一流だよ？　去年の西方地域杯ではキントハイト国の団長に次ぐ破石数《はせきすう》を記録して、三期連続の次点に――」

「おまえには聞いていない。こんなところでこんな男と、なにをしている。〝入団候補者〟とはどういう意味だ、ニナ」

ロルフはきつい声で問いただす。

その口から飛びでた名前に、リヒトは戸惑い顔で、ロルフとニナを交互に見た。

ニナは引きつったように声をふるわせる。

「……あ……あ、あの……」

首をすくめて両膝をきつく閉じ、肩までの黒髪で顔を隠すようにうつむいた。

幼いころから、ニナは兄ロルフを直視できない。駄目な自分とは正反対の兄の存在が、ただ眩《まぶ》しくて怖いのだ。

そして兄が左目を失ったあの事故からは、よけいに顔が見られなくなった。戦闘競技会で戦う騎士として確実に障害となるその傷は、ニナのせいで刻まれたのだ。

硬直するニナをしばらく眺め、ロルフは短い息を吐いた。

外套を翼のように舞わせて馬からおりる。

口笛をふき、離れた斜面で草をはんでいたリヒトの馬を呼ぶと、鞍《くら》の横からリヒトの旅用荷物をはずした。

「ちょっと、ロルフ？」

「おまえの軽口には常日ごろ辟易《へきえき》していたが、今回ほど不愉快な冗談はない。馬を借りる。ハンナ婦人に頼まれた食料は、おまえが団舎に届けてくれ。おれはこのまま、妹を村に送りとどける」

「常日ごろ辟易なんて酷《ひど》すぎ――って、い、妹⁉」

リヒトは頓狂《とんきょう》な声をあげる。

仏頂面《ぶっちょうづら》のロルフとうつむいたままのニナをあらためて見くらべる。本気で、似てない、嘘でしょ、と矢継《やつ》ぎ早《ばや》に口にした。

ニナはますます身体を小さくする。

これほど似ていない兄妹がいるのかと、幼いころから何百回、何千回と言われていた。

カミラたちの嘲笑《ちょうしょう》が耳の奥にこだまする。めまいがして、気が遠くなってくる。

でも瞳の色は同じだ、と感心したリヒトは、複雑そうな顔で頰《ほお》をかいた。

「兄妹だと知らずにつれてきたなんて、ほんとびっくり。こうなると騎士団の守秘義務も考えものだよね。互いに名前しか教えないったって、名前と顔でばれちゃう〈例外〉もいるしさ」

「正体を隠すのは当然だ。身内に国家騎士団員がいることで、家族に迷惑をかけられない。国の軍事力である国家騎士団が狙われるのは珍しいことではない。ましてガルム国と関係が悪化して以来、リーリエ国各地でおかしな襲撃事件が頻発《ひんぱつ》している」

「あー……ごめん。迷惑ならもう、かかっちゃったかも」

「なに？」

どういうことだ、と鋭く見すえられ、リヒトは村での一件を説明した。夜半に侵入者が村を襲撃したこと。家畜が殺されたこと。話が進むにつれ、ロルフの表情は険しくなる。

剣技だけではなく、ロルフは容姿においても天に愛された男だ。

凛々《りり》しい眉《まゆ》にひいでた鼻梁《びりょう》。青海色の瞳が冴え冴えと輝く顔立ちは、精巧な彫刻のようにととのっている。

けれど表情は色に欠け、北方地域の凍土《とうど》を思わせる。腰までの黒髪で顔の左半面をおおった姿は、傷ついた孤高の獣の風格があった。

ロルフはまなざしに怒りをこめる。

「国家連合はなにをしている。国家騎士団員が家族を人質にとられでもしたら、国の命運をさだめる裁定競技会に支障をきたす。一連の襲撃事件では、団員の郷里も被害地域に含まれていた。裁定競技会を運営する国家連合には、事件を調査し、被害の拡大を防止する義務があったはずだ」

「まあそう言わないでよ。ニナの弓が競技会で使えるかを試せたのは、その侵入者のおかげでもあるんだし」

「妹の弓が使える？　どういうことだ。そもそも妹を入団候補者などと、耳ざわりな戯言《ざれごと》にも程がある」

「その毒のある口調にも限度があると思うけどね。ちなみにロルフはニナの弓の腕前、知ってる？」

ロルフは不審そうに眉をよせる。

「国家騎士団員の本分は訓練だ。故郷には滅多《めった》に帰らないので見たことはない。だが両親からは、短弓《たんきゅう》ならば村で一番器用に扱うと聞いている。身体能力に恵まれなかったがゆえの、皮肉な結果だろうと」

「皮肉な結果？」

「アルサウの子孫であることに誇りを持つおれの村では、戦闘競技会に出るために大型武器の会得《えとく》を目標とする。しかし妹は見ての通りの体格で、軽い短弓しか扱えない。幼少時より十七歳の今日まで、短弓だけ使いつづければ技術が向上するのは道理だ」

皮肉な結果、短弓しか扱えない——ニナの頭のなかで、ロルフの言葉がぐるぐるとまわる。先ほどからのめまいが酷くなり、視界が暗くなってくる。

やっぱり自分は駄目なのだ。

弱くてちっぽけで、誰の助けにもなれない。なにもできない。

こんなわたしなんて——

「だけどその皮肉な結果で、ガルム国の〈赤い猛禽《ブルート・フォゲル》〉の命石《めいせき》を、射ぬけると思わない？」

「なに」

挑むように言ったリヒトに、ロルフが息をのむ。おまえはまさかと語気を強めたとき、小さな身体がふらりと揺れた。

「ニナ⁉」

リヒトがあわてた声をあげる。

国家騎士団への勧誘と予期せぬ兄との再会。限界をこえたニナはとうとう、うずくまるように気を失ってしまった。

◇◇◇

——発端は他愛《たわい》ないことだった。

いまよりおよそ十年前。ツヴェルフ村の周囲が色づく実りの秋。

村の少年たちが狩猟に出た。木の実の採集をしていた幼い子供たちが、森の奥に向かう彼らを興味本位で追った。

それだけのことだ。だがそれだけのことが、取り返しのつかない悲劇をまねいた。

本来であれば子供たちに気づいた時点で、狩猟を中止するべきだった。しかし長雨のあとの狩猟日和《びより》で、少年たちを率《ひき》いていたのはロルフだった。十四歳ながら武勇を見こまれ、近隣の名門騎士団への入団が決まっていたロルフがいれば大丈夫だと、彼らは幼い子供たちをつれて狩猟を開始した。

肥《こ》えた大鹿を何頭もしとめ、子供たちの歓声が深い山間にこだまする。だが太陽が西の端に近づいたところで、少年たちは子供が足りないことに――ニナがいないことに気づいた。

暗闇に獣の息づかいがひそむ夜の森。兄のロルフを捜索に残し、少年たちは急いで村へと駆けもどる。

報せを受けた村民が森の奥で見つけたのは、大岩かと見まちがえるほど巨大な山熊の死骸《しがい》と、血まみれのロルフを前に泣きじゃくるニナの姿だった。

――ロルフは妹を助けるために犠牲となったのだ。

山熊の爪で抉《えぐ》られたロルフの左目は二度とあかなかった。視界の半分を失ったロルフは以前と同じように剣が使えず、名門騎士団への内定は撤回《てっかい》された。

事故の原因をつくったニナを非難する声は多かったが、ロルフは妹を責めなかった。けれどのばした髪で左目を隠し、露骨にニナを避けるようになった。

地道な努力をかさね、やがてロルフは街の騎士団へ、その三年後には国家騎士団への入団をはたした。現在では西方地域杯などで実力を発揮し、リーリエ国の〈隻眼の狼《アイン・ヴォルフ》〉と呼ばれるほどになっている。

村人は彼の才能と努力を賞賛し、同時に嘆《なげ》いた。

宝石が輝くほど唯一の傷が悔やまれるように。あの事故さえなければ、ロルフはいま以上に活躍していたはずだ。キントハイト国の団長に、破石王の座を三度にわたり譲《ゆず》ることもなかったはずだ、と。

だからニナは兄の顔が正視できない。

兄に嫌われても当然だと、その傷を見るたびに自分を責めて——

「——……？」

ニナはゆっくりと目をまたたく。

頭上に見えるのは花。

国章である白百合《しらゆり》を中心に、薔薇《ばら》や雛菊《ひなぎく》が淡く咲いている。それは精巧な刺繍《ししゅう》で、周囲を囲むのはレースのカーテン。ニナは自分が寝台に横たわっていることに気づいた。

——ここは？

花が描かれた天蓋《てんがい》をぼんやりと眺める。

糊《のり》のきいたシーツにふかふかの枕。羽根のような感触の布団を不思議そうに触り、ニナはカーテンをあけて寝台からおりた。

普段着のチュニックとズボン姿で、まばゆい陽光に誘われるように窓辺へと向かう。

——硝子窓《ガラスまど》のある部屋なんて、いったいどうなって。

ニナは背伸びして、村では教会にしかない硝子窓をあけた。

自分がいる部屋は塔の上階のようだった。

居館らしき建物を挟んだ先に同じくらいの高さの塔が見える。灰褐色《はいかっしょく》の外観は古く、色あせた屋根には蔦《つた》が絡まっている。

眼下に視線を向けると寂れた雰囲気《ふんいき》の庭が見えた。城門から石畳《いしだたみ》のつづく前庭には木々が生い茂り、薔薇や多年草が控えめに色を添えている。

苔《こけ》むした彫像に睡蓮《すいれん》の浮かぶ池。小高くなった場所には石碑《せきひ》があり、見覚えのある背格好の金髪の人物が立っている。

濃紺《のうこん》色のサーコートと手には矢車菊《やぐるまぎく》の花束。国章が彫られた十字石《じゅうじせき》の前にたたずむ姿は、故人に供物《くもつ》をささげているようだ。

下方からの風に肩までの黒髪をなぶらせ、ニナはぽつりとつぶやいた。

「あれはリヒト……さん？　リヒトさんがいる、ということは」

弾かれたようにあたりを見まわす。

天蓋付きの寝台と天井には吊下灯《つりさげとう》。煉瓦《れんが》の暖炉に火の島を描いた大きな風景画。読書椅《い》子《す》に姿鏡と、飾り棚には陶製《とうせい》の香炉《こうろ》と――まるで貴族の姫君が住みそうな部屋だ。

「ま、まさか、国家騎士団のヴィント・シュティレ城ですか？　い、いつのまに」

うろたえたニナの目が、長椅子に置かれた自分の荷物を見つける。

ニナは革靴《かわぐつ》をはいて荷物袋と弓矢をかかえた。部屋から出ると、廊下《ろうか》の奥の螺旋《らせん》階段に走る。

――と、ともかく外へ。誰かが来る前に、早く。

戸口をめざすが、団舎と思われるその城は迷路のように入り組んでいる。

途中でとぎれる奇妙な廊下や、あけると壁が出てくる謎の扉。まるで侵入者を迷わせることが目的のように、複雑な城内は薄暗く、しんと冷えて人気《ひとけ》もない。

悪霊が一族で棲《す》んでいるとのリヒトの言葉を思いだし、ニナは恐々とさまよい歩く。やがて物音に誘われるように、重い大扉をどうにかあけた。

――ここは食堂、ですか？

視界に広がったのは長机が並ぶ部屋だ。

いつの間にか一階までおりていたらしい。硝子窓の向こうには青空と木々と、そして競技場らしき場所が見える。中央の壁には大きな団章が飾られ、天井は高く、長机には蠟燭《ろうそく》が灯されている。

奥には調理場があり、前掛け姿の女性が忙しく立ち働いていた。焼き物なのか揚げ物なのか、鼻腔《びこう》をくすぐる美味《おい》しそうな匂《にお》いがする。

ニナのお腹がぐうっとなった。

その音が聞こえたように、カウンターの脇から太った熟年女性が顔を出した。

「やっときたと思ったら、ずいぶん小さいじゃないか！　丈夫で頑丈なのがいいって言ったのに、気のきかない副団長だね！」

「え。あ、あの」

「まあいい。あの欠食騎士どもは冬眠前の山熊より食べるんだからさ。老僕たちは泥まみれの廊下の掃除や、壊された城の修繕《しゅうぜん》で手一杯だし、子兎《こうさぎ》の前脚でも借りたいくらいだよ。ほら、さっさと支度《したく》しな！」

熟年女性は前掛けとカーチフを放ってよこす。

葡萄酒樽《ぶどうしゅだる》のような腹を揺らして調理場に戻ると、ぽかんとしたニナを見て早くしな、と怒鳴った。

「は、はい！」

ニナは荷物袋と弓矢を置き、前掛けとカーチフを身につける。

カミラたちに雑用係扱いをされていたせいか、ニナは人に命令されることに慣れている。強く指示されると、自然と身体《からだ》がしたがってしまうのだ。

見ず知らずの熟年女性に言われるまま、ニナは料理や食器を長机へと運んでいく。

牛肉のカツレツに塩漬け豚肉の香草焼き、白アスパラガスのソテーに川魚のフライ、さまざまな種類のソーセージとチーズ。すべてが特大の山盛りで、ニナが持つと大皿料理が歩いているようだ。

食器もやたらと規格外だった。小剣のような肉切りナイフや熊手のようなフォーク。まるで巨人が使うような――

「おんやあ？　可愛《かわい》いのがいるじゃん！」

ニナの顔に影がさした。

見あげると屈強な大男たちが、取り囲むようニナを見おろしていた。

「――！」

ニナの手からナプキンの束が落ちる。

目の前にそびえるのは、団章入りサーコート姿の男たちだ。

年齢は青年から中年で、数は十名。歴戦の猛者《もさ》を思わせる髭面《ひげづら》の男や頬《ほお》に刀痕が刻まれた男など、見るからに厳《いか》つい風貌《ふうぼう》をしている。雄牛《おうし》のように巨大な男や、丸皿のような目の男もいる。

──た、た、食べられる？

ニナの奥歯がかちかちと鳴った。

いまの自分の状況は、まさに巨人の巣にさらわれた獲物だ。ここはやはり巨人の城で、自分が食べられるための食器を運ばされて、空《から》の皿には最後に自分が横たわって。

おびただしい量の汗をかくニナに、丸皿のように大きな目の男が手をのばした。顎《あご》をつかんでくいと上を向かせる。

「人手が足りないって騒いでたけど、おばちゃん、孫娘を呼んだんだ。……へえ。意外に悪くねーじゃん。でもこんな子供じゃな。十年後にやっと食えそうな感じって？」

男はふんと鼻を鳴らした。

泣きそうに顔をゆがめているニナに気づくと、がお、と吠えて両手を突きだす。

「ひ、ひゃあ！」

ニナは腰が抜けたように座りこんだ。

げらげらと腹をかかえる男の肩に、巨体の男が手を置く。たしなめるように首をふり、ニナを見おろして微笑《ほほえ》んだ。

よく見ると意外なほど柔和《にゅうわ》な顔に、気がゆるんだニナの目に涙が浮かんだ、そのとき。

「ニナ！　こんなところに！」

巨人の巣に救いの騎士とばかりにひびいた声。

食堂に飛びこんできたリヒトは、男たちに囲まれたニナに走りよる。探したよ、と安堵《あんど》の息を吐いた姿に、ニナは思わず縋《すが》りつきそうになった。

リヒトは首をかしげる。前掛けをスカートのように巻きつけ、カーチフをかぶったニナを見てたずねた。

「すんごい可愛いし飾っときたいくらい似合うけど、ところでニナはなにをしてるの？」

「わ、わたしにもよく、わからないんです。出口を探してここに入ったら、調理場のご婦人に、やっときたと前掛けをわたされて」

リヒトは片手で額をおさえた。

ねえハンナ、この子はうちの新人だからさ、と声を張りあげると、〈うち〉には調理場もふくまれるだろ、と怒鳴り声が返ってくる。

足元に散らばったナプキンを拾いあげたニナは、リヒトの背後に兄ロルフと老騎士が立っていることに気づいた。

老騎士は静かにニナを見ている。

知的な風貌《ふうぼう》に博士のような丸眼鏡《まるめがね》。なでつけた髪も髭も白い物が混じるが、枯木のような痩身《そうしん》には威厳がある。

珍しい武器を検分するように観察し、老騎士はロルフに視線をやった。

「隠し子とは意外だな。観客の黄色い声援など眼中にない〈隻眼の狼〉も、存外に抜け目がない。瞳の色が実によく似ているではないかね」

「妹だと申しあげました。ゼンメル団長」

「老人のささやかな冗談だよ。いや、冗談の通じるおまえではなかったか」

老騎士は喉《のど》の奥をふるわせて笑う。

「はいはい、注目！」

リヒトが不意に手をたたいた。

男たちの視線を集めると、戸惑うニナを自分の前に立たせて両肩に手をのせる。

「昨年からの団員不足で、皆さんにはご心配をおかけしました。このたびようやく規定の十五人目となる、新団員候補をさらって――じゃなくて、見つけてきました。名前はニナ。年は十七歳。小さいので取り扱いにはじゅうぶんに注意してください。お皿にのせないこと。つぶさないこと。ちなみに似てないですが、ロルフの妹です」

男たちからおーっと声があがる。

わたしは帰るつもりで、と首を横にふったニナの言葉は、彼らの耳には届かない。

ロルフの妹だってよ、マジで、てか十七歳ってなんだよ、せいぜい十歳だろ、意外と中身はすげえのか、硬化銀みてえな筋肉の塊《かたまり》なのか――男たちは顔を見あわせる。

ちょっと触らして、とニナにのばされたいくつもの手を、リヒトはぺしぺしとたたき落とした。

「お触りも禁止です。ニナは見た目どおり、華奢《きゃしゃ》で可愛い女の子です。〈誰かさん〉とは骨格からちがうのでそのつもりで。なおニナが使用するのは、なんとびっくり短弓《たんきゅう》です」

〈誰かさん〉に聞かれたら殴《なぐ》られるぞ、短弓ってどういう意味だよ——ふたたびざわつく男たちに、リヒトは腕を組む。

老騎士ゼンメルに向きなおると、困ったような顔をした。

「うまく説明できないし、やっぱりさっきの提案でいいですか？　騎士団員との三人制の模擬競技。それでいけると思ったら仮入団で？」

「そうだな。ばっとなってしゃっとなって——などという、おまえの下手《へた》な説明より見た方が早い。通常ならば団員の推薦《すいせん》で仮入団となるが、実物を見てますます判断が難しくなったからの」

ゼンメルは思案するように白髭をすく。

「ガルム国がリーリエ国に〈目をつけた〉と噂《うわさ》が流れてから、国家騎士団への入団希望者がぴたりと絶えた。副団長らが根気よく探してはいるが、先日の連絡ではかんばしくないとのことだ。裁定競技会の規定は十五名。満たしていない以上、想定外の団員候補でも試すべきだろうよ」

ゼンメルはロルフに視線をうつした。

先ほどから黙ったままの隻眼《せきがん》の騎士に、やれやれと苦笑する。

「そのように恐ろしい顔をするな。やはり模擬競技には反対かね?」

「これは地顔です。模擬競技にはもちろん反対です」

ロルフはそっけなく答えた。

話の流れが読めずにうろたえているニナを見おろす。

視線に気づき、びくっと身をはねさせた妹から顔をそむけると、凛々《りり》しい眉《まゆ》をよせた。

「妹が戦闘競技会で役に立てないことは、兄である自分がよく知っています。つまりは試すだけ時間の無駄だということも。しかしリヒトの戯言《ざれごと》を完璧《かんぺき》に封じ、今日のうちに妹を郷里に帰すには、己の手で不可能だということを示す方が早いでしょう」

「つまりは模擬競技に承知ということだな。おまえはリヒトとはちがった意味で解読に困難な返答をするの。剣筋は騎士の心の鏡。いま少し遊び心があればキントハイト国の団長にも後れをとるまいが……まあいい。話はまとまったな」

ニナはたまらず、ゼンメルに歩みよる。

「あ、あの、なにがまとまったんですか。模擬競技って、競技会形式の訓練のことですよね。わたしそんなの、無理です。そもそもわたしは、国家騎士団に入るつもりで来たんじゃ」

ゼンメルは目を細めて微笑む。

穏やかながらなぜか背筋がのびる、国の命運を左右する国家騎士団長らしい声で告げた。

「武器の切れ味は、試し斬《ぎ》りをしなければわからないからの。ともかくはまあ見せてくれ。なに、さほど気負うことはない。戦闘競技会は偉大なる最後の皇帝が、火の島の恒久平和を祈念してつくった、少しばかり物騒な〈遊戯《ゆうぎ》〉だからの」

◇◇◇

――嘘です。これは嘘です。わ、悪い夢です。

村から持参した鎖帷子《くさりかたびら》に革鎧《かわよろい》。ニレの木製の短弓と矢筒《やづつ》を持ったニナは、真っ青な顔で立ちつくしている。

近くでは甲冑《かっちゅう》を身につけたリヒトが、長棚を前に悩みながら、ニナの防具を見つくろっている。

「まいったなあ。戦闘競技会の防具は硬化銀が決まりだけど、在庫の甲冑じゃ首がもぐっちゃうし、予備のサーコートもぶかぶか。仮入団したら新調願いを出すとして、今回は自前で間にあわせるしかないか」

リヒトは棚の競技用兜《かぶと》から小ぶりなものを手に取った。頭頂部の飾り布の台座に、命石がはめこまれていることを確認する。

団舎の裏庭に面した小塔。

西塔と回廊《かいろう》でつながっている一階には、国家騎士団用の装備品が保管されている。博物館のように陳列される武具の数は、およそ数百点。武器の素材は鋼《はがね》を中心に鉄や木製。種類は長大な剣類が多く、大きさや形、重量により分類されている。

一方の防具は甲冑も兜も盾もすべて、硬化銀製しかない。

硬化銀《ウルリル》とは命石と同じく、火の島の中央火山帯で産出される鉱石だ。鋼より固い硬度ながら、鉄より軽いという性質を持つ。戦闘競技会において武器は鋼以下の硬度のもの、防具は硬化銀製のみとされている。鋼の大剣で硬化銀の甲冑をつらぬくことはできない。武器と防具の硬度の差が、競技会の安全性を確保しているのだ。

――どうしましょう。このままじゃ、ほ、本当に。

内側に布をかさねて調整し、リヒトはニナに兜を装備させる。頬当ての留め具をかけられるニナの表情は、すでに悲壮だ。

戦闘競技会には国家連合が運営する公式競技会と、貴族や街が主催する地方競技会がある。娯楽《ごらく》的要素の強い地方競技会でさえ無力だった自分が、国家騎士団で模擬競技など悪夢としか思えない。しかも相手の隊には兄ロルフが加わるのだという。その一点だけでも、世界そのものに立ちむかうような恐怖だ。

――で、でも悪夢なら、目覚めれば終わります。そうです。ここで失敗すれば村に帰れます。リヒトさんには悪いですが。

「いっそのこと、わざと命石を打たれようかしら。そもそもわたし、騙《だま》されて村を出たんだし、って、考えてる？」

ニナはリヒトを見た。

リヒトは、だよね、と苦笑する。

首の後ろを決まりが悪そうにさすった。

「いまさらだけど、ごめんね。誘拐《ゆうかい》みたいにつれてきて。ロルフと兄妹って聞いたときは、騎士団に入りやすいって喜んだんだけど。ニナとロルフって、ちょっと微妙な関係だった？」

「それは……」

ニナは口ごもる。

出来そこないの妹が煩《わずら》わしいのか、七つ年上の兄は幼少時よりニナにそっけない。子供部屋の同じ寝台を使うのを嫌がり、遊んでほしくて手をのばすと離れていく。

ニナとしても優秀な兄に比べて駄目な自分が恥ずかしく、いつしか物陰から眺めることしかできなくなった。その関係をどう説明していいのか、ニナにもよくわからない。

「おれも仲が悪い兄弟がいるし、えらそうなこと言えないけど。あのね、ニナとロルフがどんな関係でも、やっぱりニナに騎士団に入って欲しい。おれは騎士団員としてニナが必要だと思った。だから少し強引な手を使ってでも、つれてこようとしたんだ」

「リヒトさん……」

リヒトはじっとニナを見つめる。

強い意志に輝く新緑色の目。

心の奥底まで暴かれる気がしたニナは、逃げるように下を向いた。

――君には、君の気づいてない特別な価値があるんだ。誰も持っていないとびきりの宝物。その宝物を、おれといっしょに見つけてみない？

村を襲った侵入者を撃退したあと、リヒトは片膝をついてそう告げた。ニナは気がついたら、差しのべられた手をとっていた。

ニナの胸で眠っていた〈なにか〉。

その〈なにか〉はリヒトの言葉に翼を与えられ、おそるおそる飛びたったのだ。

予想外の勧誘に仰天《ぎょうてん》する両親は、田舎《いなか》の小さな騎士団だから、とリヒトが説得した。心配しながらも許可してくれた両親は、騎士としての娘の将来を諦めてはいるものの、なにかの変化を期待したのかも知れない。

リヒトは、あと言いづらいけど、と断ってから口を開いた。

「前にも話したけど、国家騎士団って人数不足なんだよ。もうすぐ大事な競技会があるんだけど、負傷者や退団者が多くて、ニナを入れても規定の十五名ぎりぎり。これでニナに逃げられたら、不利を承知の十四名で出るしかないかなあって？」

「そ、そんな……」

「脅《おど》すつもりはないけど……って脅してるか。ともかくやってみよ？　失敗したら、王都のお土産《みやげ》を買って〈銀花の城〉でも観光して、村に帰ればいいじゃない。絶賛募集中の調理場の新人になるって手もあるし、それくらい気楽で大丈夫だって？」

ね、と笑い、リヒトは腕を差しだす。

つられるように手をかさねて、ニナはそんな自分におどろいた。

恐怖と不安で固まった心が、いつの間にかほぐれている。村でも思ったけれど、リヒトはなにか、特別な魔法でも使えるのだろうか。

そう思い武具庫を出たニナだったが——


——に、兄さま。

ニナは怯《おび》えたように弓を抱きしめた。

競技場の反対側に立つロルフは、周囲が暗く見えるような威圧感を放っている。

ロルフが身につけているのは、戦闘競技会用の正式装備だ。

灰銀色の甲冑の上に紺地のサーコート。胸には国家騎士団員のみに許される、白百合《しらゆり》に緑の枝葉を散らした団章が描かれている。

均整のとれた長身に両刃の大剣を剣帯にさげ、腕には牙のような形の凧型盾《たこがたたて》。横から見ると鶏《にわとり》の頭のような兜に戴《いただ》く命石を、軍衣《ぐんい》と同じ紺色の飾り布が包む。馬の尾のような長い布は、黒髪とともに艶《つや》やかに流れている。

見惚《みほ》れるほど完璧な騎士の姿だが、対戦相手として見ると恐ろしさが勝った。狼の前に投げだされた兎《うさぎ》のように、ニナは足をすくませるしかない。

「で、おれはなにしたらいーわけ？」

「うん。トフェルはさ……」

ニナの隣に立つリヒトが、声をひそめるように伝える。丸皿のような目の男トフェルは、食堂でニナをからかってきた騎士だ。

ニナの仮入団を決める模擬競技は三人制。

時間は砂時計が三反転。会場は裏庭にある三つの競技場のなかでもっとも狭い、小競技場でおこなわれることとなった。

ニナの組は、ニナとリヒトとトフェルの三名。

ロルフの組は、ロルフと柔和な顔の巨漢オド。そしてヴェルナーという顎髭《あごひげ》の中年男だ。

木杭《きぐい》で囲まれた小競技場の中央には、審判役の老団長ゼンメルが砂時計を持って立つ。

ほかの団員たちは場外で寝転がり、風変わりな模擬競技をのんびりと見学するつもりらしい。

「マジで⁉　なにそれ！　この小さいの、んな冗談みたいなことできんの？」

「うん。おれもびっくりしたけど、しゃっとなってしゅっとなって、ざく、みたいな？」

「ぜんぜん意味わかんねーし！　ていうかこいつ革鎧だろ？　手も足も怖えくらい棒だし、ちょっと打たれたら骨が砕《くだ》けんじゃね？　加減はわかってる奴らだし、殺すことはねえと思うけどよ」

恐怖に硬直するニナの兜を、トフェルは大剣でガンガンとたたく。その腹に盾を突きいれ、扱いには注意してって言ったでしょと、リヒトは声を低くした。

悶絶《もんぜつ》するトフェルを横目に、準備がととのったことを合図する。確認したゼンメルは砂時計を返すと、模擬競技の開始を告げた。

「よしニナ、行くよ！」

「え……あ、ひ、ひゃあ⁉」

ニナの身体《からだ》が宙に浮いた。

腕をつかんで一気に加速するリヒトに、足が競技場を踏む間もない。目まぐるしく変わる視界のなかで、ロルフがみるみる迫ってくるのが見える。

まるで獲物に狙いをさだめた獣だ。

リヒトとトフェルが競技場の角に到着し、ニナを隠すように身がまえたときには、ロルフはすでに第一撃をリヒト目がけて放っている。

「――！」

金属音が飛び、ロルフの長い黒髪が土煙に舞う。

少し先ではオドが、トフェルに向けて巨体を躍動させた。一方でヴェルナーは競技場の中央付近で、大剣を突きさして杖《つえ》のようにもたれている。

さぼるな、との外野の野次に、昨夜の酒が抜けてねーんだよ、と髭面をかくヴェルナーは実家が酒場で、水より酒を飲む方が多いとされる男だ。リヒトが〈中年組〉と呼ぶ年長の団員たちの、まとめ役でもある。

ニナは固唾《かたず》をのんでロルフとリヒトの攻防を見つめた。

先を読んで頭部を守る盾と、さらにその先を読んで攻撃を受け流す大剣。息をのむほど見事な剣戟《けんげき》に、見学者たちは片眉《かたまゆ》ひとつあげない。

これが団員たちの日常なのだろうか。二十合、三十合――やがてオドと互角の打ちあいをしているトフェルから、早くやれよ小さいの、と苛立《いらだ》ちの声があがった。

――そ、そうしたいんですけど、でも、こんなにすごいなんて。

わざと失敗するどころか、そもそも不可能ではないのか。想像以上の迫力に気おされるニナに対し、リヒトはロルフの攻撃を防ぐことに専念している。

リーリエ国騎士団において攻守にひいでた〈一の騎士〉はロルフだが、防御にかぎるならリヒトに勝るものはない。それが〈せいぜい十人並み〉の攻撃を捨て、執拗《しつよう》に盾役に徹しているのだから、狼の反射神経をそなえたロルフとしても手こずるほかはなかった。

盾を突きだして体勢を崩し、絶妙の角度で命石を狙った鋭い刺突《しとつ》も、リヒトは半身となり紙一重《かみひとえ》でしのいでしまう。羊毛に小剣を刺すような手ごたえのなさに、ロルフの表情が険しくなってきた。

苛立ちもあらわに言いはなつ。

「いい加減にしろ。このまま制限時間まで妹の盾に甘んじるつもりか？　戯言を並べたてたとて、弓を武器とする妹が戦闘競技会で戦えるはずもない。やるだけ無駄の模擬競技に時間をついやすなら、日に千回の打ち込みを二千回にした方が有意義だ」

「言葉も剣筋も、きっつ！」

うなりをあげる重い一撃を、リヒトは大剣で受けとめた。

刀身をふるわせて耐えながら、リヒトはロルフの身体を引きこむように肩をずらす。一見すると不自然な動きの意図を察したニナは、弓を抱く手に力をこめた。

――リヒトさんは。

一瞬でも隙《すき》をみせれば踏みこまれるだろう攻防のさなか、リヒトはそれでもロルフの命石を狙いやすいようにしてくれている。身を守る術《すべ》のないニナを背後に隠し、自らを文字通りの〈盾〉として。

ニナはあらためて競技場を見まわした。

トフェルは敏捷性《びんしょう》をいかして優位に立っていたが、粘り強いオドの剣を持てあまし、ついには盾を落とされてしまう。覚えてろよ小さいの、と叫ぶトフェルの命石をオドの大剣が打ち砕き、ヴェルナーが大声を出すなよ、と二日酔いの頭をかかえた。

とっくに退屈していた団員たちは大欠伸《おおあくび》をもらす。

砂時計を片手に、老団長ゼンメルは競技場での攻防をゆったりと見学している。

ニナはごくりと唾《つば》をのみこんだ。

――うまくできる自信なんて、ないです、けど。

小刻みにふるえる手を、背中の矢筒《やづつ》にのばす。

――でもやらなきゃ、だめです。リヒトさんが、一生懸命やってくださっているんです。できても、できなくても。案山子《かかし》でいるより、きっと。

左手で短弓《たんきゅう》のにぎりをつかみ、右手で矢筈《やはず》のくぼみを弦にかける。矢芯がにぎりをかすめるように弦を引きしぼり、ニナは両腕を斜めにかまえた。

リヒトの背後に見え隠れするロルフの兜《かぶと》に狙いをさだめ、激しく脈打つ心臓はいまにも口から飛びでそうだ。

覚えのある緊張と恐怖。ニナは自然と、あのときの言葉を思いだした。

――怖いなら、こいつの兜を車輪だと思えばいいよ。車輪はニナを襲わない。おれは絶対、こいつを君のもとへは行かせない。だから安心して狙って大丈夫。ね？

飾り布の根元に輝く命石が、回転する車輪とかさなって見えた。

たしかな軌跡がさだまった、瞬間。

「!?」

ロルフは衝撃に目を細めた。

頭に感じた奇妙な振動。周囲をうかがうと、弓をかまえているニナと視線があった。

──まさか。

ロルフは兜に手をのばす。

鳥のくちばしのように突きでたつばのうえ、飾り布が流れる頭頂部にはあるべきものが
──命石が、ない。

「やった!」

リヒトが大剣と盾を放りだす。

すごいよ、完璧《かんぺき》だと、ニナに駆けよる。両手を大きく広げ、飛びつくように抱きしめた。

ゼンメルが砂時計を見おろし、片手をあげて模擬競技の終了を告げる。

二日酔いの見学者で終わったヴェルナー、打たれた頭をさするトフェルと申しわけなさそうに巨体を丸めるオドと、観戦していた団員たちが集まってきた。

団員たちの興味は競技場に転がる命石に向けられる。

ヴェルナーが破片を手に取ると、ニナの矢で砕かれた命石は、粉々ではなく綺麗《きれい》な半分

に割れていた。大剣で粉砕したものとは明らかに異なる。矢尻の先端で、切断するような力を加えたためだろう。

マジかよ、ロルフが取られるのはキントハイトの団長以来じゃね、うちの娘と同じ年ですげえな、おまえんとこ十歳だろ、だから十歳だろ――団員たちは興奮したような言葉を交わす。

ニナはリヒトの抱擁《ほうよう》をぎゅうぎゅうと受けている。

「ああでもよかった！　ロルフは容赦《ようしゃ》ないしトフェルは堪《こら》え性がないし。むさ苦しいおやじ連中に見られて、怖くて動けないかなとか……なんかもう感動。勇気をだして、本当にがんばったよ！」

「……っ……くるし……」

鍛えぬかれた腕にがっしりと囲われ、火の島で最も固い硬化銀の甲冑《かっちゅう》に押しつけられ、骨がきしんだ。ニナの意識が遠くなる。

――こ、この感じは昨日と。

緊張からの解放感も拍車をかけた。リヒトがしまったと思ったときにはすでに、ニナはかくりと首を折っている。

「え？　ちょっと、また⁉」

二日連続の失神に、リヒトがあわてて腕をゆるめた。

ニナの兜をはずし、鎧下《よろいした》の襟元《えりもと》をくつろげる。もしもーし、と頬《ほお》をたたいていると、老団長ゼンメルが歩みよってきた。

「退場者は一名ずつ。残存騎士数は二名と同数。よってこの模擬競技は引き分けだな」

ゼンメルはしっかりと告げる。

リヒトに支えられたニナを見おろし、思案するように白髭をすいた。

小鹿のようなまつげが彩る閉じた目と、頼りなく開いた唇。汗と怒号が飛びかう競技場より、〈銀花の城〉の大広間が似合うだろう顔立ちを眺め、華奢《きやしや》な手足に視線をうつす。

「さてこれは、元武器屋のわしにも、判断の難しい〈武器〉だな」

ゼンメルはふーっと息を吐いた。

「リヒトから聞かされてはいたが、想像以上だよ。剣を交える相手の動きをとらえ、頭上の命石を射ぬくなど、熟練の猟師とて難しい。しかも矢筋に迷いがあれば、命石はこうも綺麗には割れないだろう。見た目によらず度胸があるのか、窮鼠《きゆうそ》なんとやらの類《たぐい》か」

「そういえば街道から王城の旗が識別できたし、すっごい目がいいのかも？　荷車の小さな車軸も射ぬけたしさ。ていうか団長、ニナをほめてるってことは」

「わしは判断が難しい、と言ったぞ。どれほど優れた武器でも、活用できなければ金属の塊《かたまり》だ。弓術は見事ながら、この程度で失神する身体能力では、はたして戦闘競技会で機能するかどうか」

期待に目を輝かせたリヒトに、ゼンメルは難しい顔をする。

「騎士にも得手《えて》不得手《ふえて》はあり、主力と補助に役割を分ける国もある。しかし攻撃と防御を完全に別とした例は、わしの五十年の騎士団生活で聞いたことがない。相手の陣形や戦いの流れにより、競技会ではすべてが思惑通りにはいかぬ。そこに己の身を守れない騎士を放りこむなど、無謀《むぼう》な大博打《おおばくち》ではないかね」

「ニナの安全は保証します。絶対に敵の騎士は近づかせない。団長だって、おれの守備は〈命石じゃなくて心臓を狙いたくなるほどねちっこい〉って、認めてくれたじゃないですか?」

ゼンメルは苦笑して首をふった。

「おぬしの軽口には慣れているが、絶対などと申すではない。設立の趣旨《しゅし》から逸脱しつつある戦闘競技会制度をふくめ、世に完璧などありはせんよ。死者を出した前回の裁定競技会のように、ときに予期せぬ悲劇が起こるものだ」

「団長……」

リヒトはなにか言いかけて口ごもる。

ヴェルナーら中年組は複雑な表情をし、トフェルはふてくされたように頭をかいた。オドは悲しそうな目で、西塔を囲む木立を眺める。

初夏の緑が瑞々《みずみず》しい木々の向こうには、競技会中の事故や怪我《けが》が原因で亡くなった、歴代の騎士団員を悼《いた》む十字石《じゅうじせき》がある。

土埃《つちぼこり》が風に舞う競技場に重い空気が流れた。

ゼンメルは思いだしたように口を開く。

「それにリヒト、おまえは〈守備に専念する〉ことの意味がわかっているのか？　戦闘競技会の名声は命石を奪った騎士に与えられる。破石数が騎士の価値を決めるといっても過言ではない。おまえはなぜ〈リヒト〉と名のっている。与えられた名前ではなく〈残された名前〉を選んだ理由を、捨てるというのかね？」

「うん、捨てる」

リヒトは迷いなく言いきった。

力なく頭をさげているニナを、とっておきの宝物のように胸に抱きあげる。

「ニナの〈盾〉になると思いついたときから、おれは心を決めてる。リーリエ国とべアトリスを守れるならそれでいい。十字石に眠るあいつも、きっとそう望んでる」

ゼンメルは肩の力を抜く。

成り行きを見守っていた団員たちを、ゆっくりと見まわした。

「第四十九代団長ゼンメルの名をもって、ニナの仮入団を認める。ただし使用武器の特殊性を考慮《こうりょ》して、仮入団の期限は再来月になるだろう、ガルム国との裁定競技会までとする。本採用は実戦結果と本人の意志次第。委細《いさい》については副団長の帰還を待って協議する」

右拳を左肩にあて、団員たちは承知、と声をあわせた。火の島に古代帝国の名残《なごり》として伝わる、騎士の正式な立礼だ。

団員たちの視線はロルフへと向かった。

妹の一矢で命石を割られたロルフは、壊れた騎士人形のように立ちつくしている。

「ロルフ、おまえもそれでいいな?」

秀麗《しゅうれい》な顔立ちに厳しい表情を浮かべるロルフは、なにを考えているのだろう。

リヒトに横抱きにされるニナを、まじろぎもせず見つめた。

決意を固めたように大剣を競技場に突きたてる。

その場の誰よりも絵になる姿勢で、右拳を肩にあてて目を伏せた。

「——承知」

3

「あれ、ニナが消えてる？」

「さすがに逃げたんじゃね？　なんだよオド。二周目はかなり後ろを走ってた？　三周目に西塔を過ぎてからは見てない？　だってさ」

　オドは走りながら団舎を指さして首をふる。

　口数の少ない大男の意図を器用にくみとり、トフェルはおれも逃げてえ、と顎《あご》を突きだした。

　ヴィント・シュティレ城を鬱蒼《うっそう》とおおい隠す、王都の東に位置する樹林帯――通称〈迷いの森〉。

　リヒトを先頭に林道を走る彼らは、競技会用甲冑の下に鎖帷子《くさりかたびら》を二重に着こんでいる。

　騎士団員が自室の掃除よりも毛嫌いする走力の基礎訓練だ。砂時計の一反転も耐えきれずに倒れてしまうニナの足腰を鍛えるために、リヒトたちは自分の鍛錬もかねて林道を周回している。

リヒトはひとりで来た道を戻った。

木漏《こも》れ日《び》が輝く森に、甲冑と鎖帷子の鳴る音がひびきわたる。

いくらも走らぬうちに、林道の真ん中でうずくまる小さな身体《からだ》が見えてきた。

「まずい、行き倒れてる。今日は朝から真夏みたいな気温だから、ニナにはまだ厳しいかなと思ったけど」

リヒトはあわててニナに駆けよる。

七月となり、季節は夏。

リーリエ国のある西方地域は雨が少なくて湿度が低い。四季を通じて過ごしやすい気候だが、夏の日差しは強く、じっとしていても汗が出る。

リヒトは長身をかがめ、丸まった背中に手をかけた。

「ニナ、大丈夫？　ごめんね、気づくのが遅れて」

暑苦しい甲冑姿のリヒトに対し、ニナは涼しそうな軽装をしている。

肩までの黒髪はうなじで束ね、麻製の夏用鎧下の上に鎖帷子と、むき出しの膝小僧の先には短い革靴《かわぐつ》。

けれど小作りな顔は真っ赤で、呼吸はふうふうと荒い。深い海色の目は虚《うつ》ろで、顎からは汗がしたたっている。

「……こ、これが〈きつい〉なんです、ね……」

「え？」

ニナは力なく首をふった。

まえにリヒトから、国家騎士団は〈きつい、きたない、きけん〉の三重苦だと聞いた。その一つの意味を、朦朧《もうろう》と痛感する。

――模擬競技で昏倒《こんとう》したニナが意識を取りもどしたときには、リヒトにより、仮入団の準備はすべてととのっていた。

最初と同じ西塔の三階。寝台で目を覚ましたニナに対し、付き添っていたリヒトはいそいそと手続きを開始した。寝起きと疲労でうまく働かない思考に、さりげなく乗じたような手際《てぎわ》のよさだった。

ぼうっとしているうちに羽根ペンを持たされ、はいこれ、次はこれねと、爽《さわ》やかな笑顔で。

仮入団の契約書に登録名、月々の給金や守秘義務について署名させられた。甲冑の採寸には料理婦ハンナが呼ばれ、両親には〈クレプフェン騎士団〉への仮入団が決まった旨《むね》の手紙を書かされた。

ニナが現状を認識して青ざめたのは、書類をかかえたリヒトが軽快な足取りで、部屋を出ていったあとだった。おそるおそる急流に足をふみいれたら、あっというまに流されて岸辺に戻れなくなった子兎《こうさぎ》のように。

翌日から訓練が開始されて三週間。

午前中の基礎体力づくりと、午後は昼寝をはさんで弓の的打《まとう》ちや、散策がてら団舎からの抜け道の確認。極度の疲労で夜は泥のように眠ってしまうので、この毎日が現実かどうかさえ曖昧《あいまい》なときがある。

リヒトはニナを抱きあげると、大樹の根元へと運んだ。

枝葉の間から射しこむ陽光をさえぎるように膝で立つ。籠手《こて》をはずすと、広げた両手でぱたぱたと風を送ってくれる。

「すみません……ご迷惑を、かけて……」

「いえいえ。ニナを公然と運べる迷惑なら大歓迎だって。でも少しずつでも足が慣れてきたよね。最初はさ、団舎を囲む林道の一周の半分で気を失って……なんていうか、横たわってる方が長かったし」

「でも、わたしのせいで、リヒトさんたちは、自分の、訓練が……」

「それも大丈夫だって言ったでしょ？　裁定競技会だけはずさなきゃ、あとは基本自由だし。倉庫の酒を盗んでハンナに怒鳴られてる奴も、朝から晩まで寝てる奴も、王都の娼館《しょうかん》に入りびたりの奴もいる。他国との親善競技会なんか、出られる団員数を確認して予定を組むくらいなんだよ？」

リヒトは小首をかしげ、ね、と笑う。

ニナはうなずいた。けれど内心で複雑な気持ちになる。

兄ロルフは国家騎士団に所属しているが、ニナは特に内情に詳しいわけではない。

ロルフが多弁でないのも理由だが、なによりも厳格な守秘義務による。団員は団員として知りえた情報の一切を、決して明かしてはならないのだ。

実際の戦闘競技会でも団員の姿は兜《かぶと》と甲冑で隠され、公表されるのは登録名と戦果である破石数だけ。その意味で国家騎士団は謎に満ちた存在であり、どこの誰なのか、どれほど気高く勇敢《ゆうかん》な騎士なのか。

国民の羨望《せんぼう》を一身に向けられるのだが。

――失礼ながら安全の確保以外の理由でも、秘密にしておいた方がいいような気がします。

ニナは呼吸をととのえながら、ぼんやりとそんなことを考えた。

「小さいの、生きてるか――?」

間延びした声とともに、トフェルとオドが近づいてきた。

灰銀色の籠手をはめたトフェルの手には、十数個のサクランボが命石《めいせき》のように赤く輝いている。

リヒトは意外そうな顔をした。

「うそ。ニナのために?」

「まあねー。森を走りながらちょいちょいと。小さいのは小さいなりにがんばったよな。はいどーぞ」

トフェルはサクランボを差しだす。

頭上で揺れる果実は、渇《かわ》いた喉《のど》に実に魅力的だ。ありがとうございます、と受けとろうとすると、トフェルがひょいとサクランボを上にあげる。

「あ……あの、トフェルさん?」

困惑したニナが腕をのばすと、トフェルがふたたびサクランボを移動させた。

ぐっとのばすと右へ。ぐぐっとのばしても左へ。

ニナは眉尻《まゆじり》をさげる。これはもしかして、極めてわかりやすい意地悪だろうか。

「……あのねトフェル。ニナで遊ぶのも禁止でいい?」

「やーだよ。せっかく面白い玩具《おもちゃ》が手に入ったんだしさ。団舎はむさ苦しいオヤジだらけで酒臭《くせ》えしつまんねーし、夏の訓練なんてマジふざけんなよだし。日々の潤いだよ。潤いー」

「玩具認定も所有物認定も禁止ね。だいたい潤いって、ニナの目を潤ませてどうするんだよ」

リヒトは涙目のニナに気づいてぼやく。

オドがのっそりと、トフェルの手からサクランボを取りあげた。

なにすんだよ、との抗議を無視して、巨体を丸めるように渡してくる。ニナが礼を言って受けとると、オドは微笑《ほほえ》み、大きな手でよしよしと頭をなでてくれた。

団舎で生活するようになり三週間。リヒト以外で関わる機会が多いのは、トフェルとオドの二人だ。

リヒトが〈中年組〉と呼ぶヴェルナーら強面《こわもて》の八人は、基本的に飲むか騒ぐかで、ニナよりも酒と女と賭《か》け事に夢中だ。近郊の街で遊んでいるのか、消灯の鐘を過ぎて帰城し、酔いつぶれて厩舎《きゅうしゃ》で寝ていることも少なくない。

一方で年の近いトフェルとオドは訓練相手になったり、食堂で同じ長机についてくれる。親しくしてもらえて嬉しいが、トフェルはニナを暇つぶしの玩具としか認識していない。

物陰からおどろかせて腰を抜かせたり、背後からくすぐって呼吸困難にしたり。懲《こ》りない度の過ぎた悪ふざけから助けてくれるのがオドで、へたりこむニナを起こし、悪戯妖精《ニュンフェ》を制止してくれる。ニナを見るたびに頭をなで、プレッツェルを差しだしてくるオドには、郷里に幼い弟妹がいるらしい。

そのほかの団員としては、リヒトは明るくて面倒見がいい好青年だ。触れあいが過剰《かじょう》なところは面食らうが、親にお使いを頼まれた子供という印象のままなのだろう。よほどニナが頼りないのか、朝の食堂から夜に西塔の自室に戻るまで、つきっきりで世話をやいてくれる。

老団長ゼンメルは視力低下を理由に現役《げんえき》を退いたようで、居館の執務室にいることが多い。武器屋出身の技術を活用し、装備品の調整もおこなっている。女性団員はニナのほかにもう一人いるが、新団員勧誘のために副団長と国内をまわっているらしい。また負傷療養中の団員も何人かいるそうだ。

そんなわけで国家騎士団員としての生活は、拍子抜けするほど順調だ。農作業や雑用に追われていた村での毎日より平穏で、外見年齢にしたがった扱われ方にも慣れている。大柄な団員と話すときに首が疲れるのも、家具が大きくて踏み台を使うのも初めてのことではない。

ひとつだけ、気がかりはあるけれど。

「ニナ、食べないの？　もしかして気持ち悪い？　辛《つら》かったら、団舎までおぶって帰るよ？」

ニナははっと我にかえった。

心配そうなリヒトに首をふる。兄の面影《おもかげ》から意識をそらすように、サクランボを頬張《ほおば》った。けれど嚙《か》んだ瞬間、想像以上の酸味が口いっぱいに広がり、むせこんで身体を折る。

ニナの背中をあわてさすり、リヒトがトフェルを睨《にら》んだ。

「まさかと思うけど、わざとすっぱいのを選んできたわけ？」

トフェルは横を向いて口笛を吹いた。

木陰で身体を休めたニナは団舎へと戻った。

裏庭の井戸で顔と手足を洗い、西塔の自室で普段着のチュニックに着替える。髪をほどいて櫛《くし》をいれ、昼の鐘が鳴ると食堂へ向かった。

来た当初は迷子になった団舎も、最近では主要な部屋だけは行けるようになった。王城からの訪問者が丸一日迷子になり、捜索隊が出たとも聞く団舎内を、隠し扉に注意して居館一階の食堂へ。両開きの大扉をあけたニナは、もわっと鼻をつく臭《にお》いに顔をゆがめる。

料理ではない。脂《あぶら》と熱気がまざったような。

「あんたらはまた甲冑《かっちゅう》で食堂に！　顔も手も泥だらけじゃないか！　訓練のあとは汗を流して着替えろって、いつも言ってるだろう！」

料理婦ハンナが雌鶏《めんどり》のような肥満体《ひまんたい》を膨《ふく》らませて怒鳴った。

かかえている大皿料理のように怒りの湯気を放つハンナに対し、調理場に近い長机に座る中年の団員たちは、気にするふうもない。

堅いこと言うなよ、脱ぐのが面倒なんだよ、と麦酒《ビール》をあおる。金を貢《みつ》いだ娼婦に逃げられたことや、賭場《とば》で身ぐるみはがされたこと。くだらない武勇伝に笑いながら肉をむさぼる中年組は、小競技場で一対一をしていたようで、水をかければ泥水になりそうなほど真っ茶色だ。

ニナは充満する臭気に咳《せ》きこんだ。

これがリヒトの言う〈きたない〉かと、失礼ながらこっそりと思う。

「おせーぞ小さいの。どうせ午後も訓練なのになんで着替えるんだよ！　五秒数える前に座らねーと食っちまうぞ！」

トフェルがフォークで皿をたたいた。

でもハンナさんが、と首をすくめたニナは、ぎくっと胸がつまったような顔をする。

――に、兄さまの隣に。

食堂の奥まった位置にある長机。トフェルの横には二人分の座席をもっさりと占領するオドの姿。対面にはリヒトとロルフが並び、そして空いている席は、ロルフの左横しかない。

架空の用事で引き返そうか迷っていると、トフェルが五、四、三、と皿を鳴らす。

ニナはうつむいて喧噪《けんそう》のなかを進んだ。ニナ以外でただ一人、騎士団用サーコートに着替えているロルフの隣におずおずと座る。

団舎の食卓は体格のいい騎士団員にあわせられている。

胸から上がかろうじて長机に出る妹と、騎士団員のなかでも長身の部類に入る兄と。フォークの柄で頭の位置を比較したトフェルは、兄妹ってより隠し子だよなあと目を輝かせる。

ニナは膝に置いた手を気まずそうににぎった。

ロルフとニナが兄妹だという事実は、リーリエ国騎士団に驚愕《きょうがく》をもって受けとめられている。

外見はまったく似ていない。体格も顔立ちも、深い海色の目と黒髪以外は類似性《るいじ》のない兄妹だ。

それだけではなく性格もかなり異なる。ロルフは謹厳《きんげん》な青年で、趣味は訓練。騎士団一の腕前ながら慢心せず、日に千回の打ち込みを欠かさない。団員の軽口に顔をしかめ、娼館への誘いを無視する態度は、生真面目《きまじめ》というより不愛想といえる。

対するニナは臆病な子兎《こうさぎ》のような少女だ。不安そうに人の顔色をうかがい、トフェルの悪戯《いたずら》に腰をぬかす。遠慮《えんりょ》がちで自己主張が強くない。だから限界まで訓練して動けなくなることもある。

そんな彼らに同じ血が流れているなど、娯楽《ごらく》の乏《とぼ》しい団舎の恰好《かっこう》の潤いだ。中年組は〈妖精との取りかえっ子説〉と〈母親の不貞《ふてい》説〉のどちらの信憑性《しんぴょう》が高いか、もっともらしい顔で議論している。

丸パンを一個、塩漬け豚肉とキャベツの酢漬けをひとすくい皿に取り、ニナは兄の様子をうかがう。

長い黒髪が顔の左半分を隠しているので、表情までわからないけれど。

――やっぱり嫌ですよね。兄さまは騒がしいことが苦手なのに、似ている似ていないと、食事のたびにからかわれて。反対を押し切るように仮入団してしまい、なるべく迷惑はかけたくないのに。

ニナの仮入団に対してロルフはなにも言わなかった。

模擬競技の翌日、あらためて団員に挨拶《あいさつ》したニナは手荒い歓迎を受けた。髪が鳥の巣になるほどなでられ、手形がつくほど背中をたたかれ。放心しているうちに、ロルフはさっさと遠乗りに行ってしまった。

朝の瞑想《めいそう》にはじまり千回の打ち込みと、競技場での一対一に遠乗り。日課の訓練を忠実に遂行《すいこう》するロルフがニナと接する時間は、食堂以外にほとんどない。

ロルフは黙々と食事をとっている。

ニナはやたらと乾く口にパンをおしこみ、木杯の果実水《かじつすい》で流しこんだ。けれど食が細いうえ、兄の隣という緊張感からか、取り皿の料理はいっこうに減らない。

それに気づいたリヒトは果物の深皿を、ニナの前に移動した。

「午後の訓練もあるし、水分のある果物は食べた方がいいよ？　苔桃《こけもも》も木苺《きいちご》も、ひねくれた悪戯妖精が選んだのとちがって、瑞々《みずみず》しくて甘いからさ」

「あ、ありがとうございます」

ひねくれた悪戯妖精って誰だよ、と唇をとがらせたトフェルを無視して、リヒトは〈迷いの森〉でとれる果実について語りだす。

季節ごとに実る柑橘類《かんきつるい》や、果実水になる林檎《りんご》と葡萄《ぶどう》。まるで兄妹の間に流れる微妙な空気を、さりげなくはらう春風のように。

自然と表情を和《やわ》らげたニナだが、ロルフはそんな会話にも加わることはない。むっつりと料理を口に運ぶ姿は、食事を楽しむというより栄養を摂取《せっしゅ》しているようだ。それともニナの隣が不満で、さっさと退席したいのか。

ニナが下を向いたとき、料理婦ハンナが調理場から声を張りあげた。

「おチビさん、ちょっと頼むよ！」

追加の大皿を運んどくれ、麦酒のおかわりも、との言葉にリヒトが呆《あき》れ顔をする。初対面で手伝わせた既成事実がさせるのだろう。ハンナは手が足りないと、料理婦見習い同然にニナを使うのだ。

「去年入った料理婦が〈きたない〉を理由に逃げちゃって、大変なのはわかるけどさ。団舎に人を雇うには身元が確実じゃないとあぶないし、下働きの老僕を探すのも一苦労なんだよね。あのねハンナ、わたし、調理場の新人なら副団長が探しているから」

「だ、大丈夫です。わたし、いきます」

ニナは急いで席を立った。

気まずい雰囲気《ふんいき》で食事の妨げになるよりは、手伝う方がいいと思う。それに使われるのが当たり前だった村での生活のせいか、給仕を頼まれても違和感がない。

巨大な大皿をふらふらと運ぶニナに、調子にのった中年組が次々に用を言いつける。素直に応じて食堂内を往復するうちに、ニナは兄ロルフの木杯が空《から》なことに気づいた。

兄妹のぎくしゃくした関係を知る両親は、帰省した兄の世話をニナに頼むことはない。声をかけようかどうしようか。木盆を手に迷っていると、肉が足りないぞ、と中年組がニナを呼んだ。

兄に視線を残しながら答えると、頬杖《ほおづえ》をつくトフェルが首をかしげる。

「小さいのは、兄貴が嫌いなわけ？」

「え」

「おやじ連中の小間使いにはなるのに、兄貴の世話はしないって？　兄妹なのに喋《しゃべ》んねーし、仲が悪いの？　他人行儀っつうか、真剣に他人？」

「わ、わたしと兄さまは」

「兄さま？　なにその呼び方！　おまえら南部の村の出身だろ。普通は兄さんか兄貴じゃね。やっぱどっちかが養子？　それとも父親ちがいとか？」

矢継《やつ》ぎ早《ばや》にたずねられ、ニナは一気に混乱する。

兄を〈兄さま〉と呼ぶことに違和感などない。恐れ多くて眩《まぶ》しくて、気軽に兄さんと呼ぶなど考えたこともないのだ。

他人行儀なのは昔からで、申しわけないけれど実の兄妹だ。仲が悪いと言われても、兄はともかく自分は兄を嫌っていない。遠くから眺めることしかできないほど尊敬し、心の底から憧れている。

あの、その、と言葉を探すニナの耳に、重いため息が聞こえてきた。

ロルフは食事の手を止めて眉《まゆ》をよせている。

ニナはなんだか泣きたくなった。

食事の邪魔をしたくないのに、迷惑をかけたくないのに。どうして自分は、うまく説明ができなくて。

「あ！　やっぱ！」

リヒトが唐突《とうとつ》に声をあげた。

ガシャンと音が飛び、床に落ちた取り皿がこなごなに割れる。リヒトが頭をかいて席を立つと、中年組から笑い声があがった。

午前の訓練でへばったかい、しっかりしろよ若造――野太い野次に、リヒトは肩をすくめる。足腰があやしい老年組に心配されてもね、と目を弓なりにさせると、殺気だったフォークやナイフが飛んできた。

大皿を盾に器用に避けながら、リヒトは掃除道具を持ってくるようニナに頼む。

調理場へと急いで走り、ニナは胸をなでおろした。

助かった。あのままだと兄にもっと嫌な思いをさせるところだった。偶然、お皿が落ちて騒ぎになるなんて。

――まさかリヒトさんは、わたしが困っているのに気づいて？

ふと思いつき、ニナはあわあわと首をふる。

リヒトは優しいけれど、いくらなんでも自惚《うぬぼ》れが過ぎる。きっとうっかりしただけだろう。だけどリヒトは果物を勧めたり話題をふったり、いちいちニナを気づかってくれていて。

――なんでしょう。胸がそわそわとします。

不思議な気持ちを覚えながら、木桶《きおけ》と雑巾をハンナにもらう。長机に戻ろうとして、ニナは大扉の前に立つ痩軀《そうく》の老人に気づいた。

団長ゼンメルは乱れ飛ぶ食器をやれやれと眺めている。

「注意力が足りんの。ガルム国の〈赤い猛禽《ブルート・フォゲル》〉は獲物の隙《すき》を見逃すほど、寛容な化物ではないのだがな」

ゼンメルは足元に落ちたナイフを拾う。

ひょいと放ると、次の瞬間には転がった苔桃を縫《ぬ》いつけるように刺さっていた。

「――！」

団員たちがしまったという顔をする。

驚嘆《きようたん》すべき妙技で注目を集めたゼンメルは、飛び道具としてのナイフの有用性も考察すべきか、とひとりごちる。フォークや皿を後ろ手に隠した面々を、ゆっくりと見まわした。

「羽目をはずすのは勝利の祝宴まで待つがいい。先ほど王城より早馬が来た。リーリエ国北西部ハイネケン地方の所有をめぐる、ガルム国との裁定競技会が決定したぞ。日時は八月一日。場所は前回と同じ、シュバイン国の北東ザルブル城だ」

しん――と食堂が静まりかえる。

世界が一変したような空気のなか、ヴェルナーが団員の気持ちを代弁するようにたずねた。

「団長、それで〈奴〉は？」

「〈奴〉の出場停止期間は先月に明けた。ガルム国の〈赤い猛禽〉ことガウェイン王子、今週末のシュバイン国との裁定競技会から復帰するそうだ」

――赤い猛禽……ガウェイン王子。

ニナはその名前を心のなかでくり返す。

裁定競技会とは国家騎士団同士が戦う競技会だ。とするとそのガウェイン王子は国家騎士団員ということになる。国の命運を決する競技会に自ら出るなど勇敢《ゆうかん》な王子だと思うけれど、赤い猛禽とはずいぶんと不吉な異名だ。

そんなことを考えていたニナの背中がぞくっとふるえた。

肌を刺すような鋭い気配は、殺気と呼ばれるものだろうか。

子供じみた喧騒《けんそう》に興じていた団員たちは、いつのまにか引き絞《しぼ》られた弓のように張りつめた表情をしていた。

「今日明日中には王都に公示されるので、新団員を探している副団長らも、来週には団舎に帰還しよう。それとこれは悪い知らせだが」

ゼンメルは中年組のひとり、岩石のような剃髪《ていはつ》の男に視線を向ける。

「おぬしの故郷周辺で〈例の野盗《やとう》〉の襲撃があったらしい。副団長の書簡では、人的被害はなかったとのことだが」

郷里の危機を知らされた団員は息をのむ。

けれど動揺《どうよう》も一瞬のこと。拳をきつくにぎると、顔色も変えずうなずいた。

ゼンメルは目を細める。

「白百合《しらゆり》を守る一葉《いちよう》としての心構えはできているか。団員の近親者が襲われる事件がつづいているが、〈赤い猛禽〉の関与も疑われる事件ゆえに国家連合《リントヴルム》の動きは鈍い。嫌がらせの範囲に収まってはいるが、団員自身を狙う可能性もある。当日まで、警戒を怠《おこた》らぬよう」

団員たちは右拳を肩にあて、承知、と唱和した。

麦酒の杯を放りだし、靴音《くつおと》も猛々《たけだけ》しく。そのまま競技場に向かう団員たちを、ニナは呆気《あっけ》にとられて見おくった。

先ほどまでの自堕落《じだらく》な姿とは一変したような態度。訓練よりニナを玩具《おもちゃ》に遊ぶことに夢中なトフェルでさえ、もたもたしているオドの尻を蹴《け》り勝手口から出ていく。

――団員自身が狙われるなんて、これが三重苦最後のひとつの、〈きけん〉なのでしょうか。それに、いまのお話だと。

不安になったニナはゼンメルに問いかけた。

「あの、団長のお話だとわたしの村を襲った野盗にも、そのガウェイン王子が関わっているのですか？　リーリエ国とガルム国が裁定競技会をするのに、団員の郷里が被害にあうなんて、妨害工作みたいです。競技会を運営する国家連合は、どうして調査をしてくれないのでしょうか？」

「国家連合はどちらが正しいかわからない国家間の問題を、裁定競技会をおこなわせて決着させる。いわば火の島《イグニス・インスラ》の〈見える神〉だが、組織を構成するのは各国の代表だ。それぞれの国の利害があり、代表には家族もいよう。恐ろしい猛禽の恨みをかいたくはないと、見て見ぬふりをしても不思議はない」

ゼンメルは平然と答える。

言葉を失ったようなニナをしばらく眺めると、リヒトに向きなおった。リヒトは長机の脇に立ち、芥子《けし》の実のクーヘンを次々に食べている。

「この暑さで、しかも奴の話を聞いたあとで。おまえの胃腸はまったく丈夫だな。ところで、ニナの準備は間にあうな？」

「暑くても寒くても、親が死んでも、働かなきゃ食えない、生活をしていた、ので。ニナの装備品なら、副団長に、王都の鍛冶屋《かじや》をせっついてもらって、来週の、はじめには」

「飲みこんでから話せ馬鹿者が。物理的な準備は無論だが、精神的な準備もだよ。他国との親善競技が組めればよかったが、時間がない。国家騎士団として最初の相手がガウェインでは、さすがに荷が勝ちすぎる」

「あー」

頬張ったクーヘンを果実水で流しこみ、リヒトはやっと気づいたような顔をする。

ゼンメルは眉間《みけん》にしわをよせた。

「そんなのんきなことでどうする。〈銀花の城《ラルジャン・フルル》〉ではすでに、ベアトリス王女殿下を非難する声があがっている。ガルム国がリーリエ国に競技会を仕掛けるのは、王女殿下の存在ゆえ。貴族諸侯をはじめ、身内である王子殿下からもな」

「頑固な王女が首を縦に振る前に、リーリエ国の騎士は全滅だってやつでしょ。何度ふられても婚姻を申し込んできて、断ると裁定競技会を利用して圧力をかける。化物のわりに姑息《こそく》なほど知恵がまわるよね」

「圧力でも姑息でも、国家連合が開催を決定した以上は戦うしかない。相つぐ負傷者に加えて昨年は死者を出した。敗戦ともなれば今度こそ、〈金の百合《ゴルト・リーリエ》〉を〈赤い猛禽〉に差しださねばならないだろう。可能なかぎり、それは避けたい」

「わかっています。そんなの、おれだって絶対に嫌だ」

リヒトは音を立てて木杯を置く。

掃除道具をかかえるニナは、記憶をたどるような顔をした。

リーリエ国には〈金の百合〉と呼ばれる美しい王女がいると聞いたことがある。詳しいことはわからないが、その王女はベアトリスという名前の方で、ガルム国との関係が悪化した原因に関わっているらしい。それにしてもゼンメルやリヒトは、王女のことを我が事のように心配している。王族への忠誠というより、あるいは個人的な知り合いなのだろうか。

「ともかく週末はザルブル城につれていってやれ。競技会場を下見して損はない。生身の〈赤い猛禽〉を見ることについては、吉と出るか凶と出るかはわからない。だが本番で腰を抜かされるよりましだ。ロルフ、おぬしもその方がよかろう?」

ニナが視線を向けると、団員たちと出ていったと思っていたロルフが長机に残っていた。

食器が飛びかう大騒ぎのなかでも、動じることなく食後のハーブ茶を飲んでいたロルフは席を立つ。

黙礼すると、ニナを見ることなく食堂をあとにした。

ゼンメルは姿勢のいい後ろ姿を見おくる。

「まあロルフの思惑は、わしとはまったく逆だろうがな」

「え？」

言葉の意味をはかりかねるニナに、ゼンメルはリヒトを見て顎《あご》をしゃくった。

「迷子には十分に気をつけるがいいぞ。こやつは屋台を見ると灯にひかれる虫のごとく、ふらふらと飛んでいくのでな」

◇◇◇

——だめです。ここから動いては。

群衆で満ちるザルブル城の前庭。

ニナはその場に留まろうと足を踏んばる。

息苦しさに目をつぶる顔に、影がかかった。頭上を行き来する人々の頭が、夏の青空を無情にさえぎっている。

シュバイン国とガルム国の裁定競技会当日。ザルブル城に到着したリヒトは、前庭に並ぶ屋台を見て目を輝かせた。

ゼンメルの指摘通り、リヒトは庶民《しょみん》的な軽食に目がないらしい。団舎でもたいてい、クーヘンや乾燥果実をかじっている。

すぐに戻るから、と両手をあわせたリヒトと約束したのは、中庭への壁門に近い植え込みの横だ。けれど目印の低木ごと人の海にのみこまれ、すでに身体《からだ》の自由がきかない。

──あ、甘かったです。裁定競技会は初めてですが、こんなにすごい観客なんて。

戦闘競技会には庶民の娯楽としての側面もあり、補欠として出たヨルク伯爵杯でも人混みでは苦労した。けれどあのキルヒェムの街が山奥の寒村に思えるほど、国の威信をかける裁定競技会は規模がちがう。

シュバイン国のザルブル城は国家連合により認定された公式競技場だ。

屋根や城壁を飾るのは、四人の女神を描いた国家連合旗。〈四女神《デア・ファアトス》〉は火の島の東西南北の地域を、輪状につらなる姿は平和と均衡を意味している。

広大な中庭には大中小の三つの競技場があり、それらを囲む城壁の内部と屋上には、五千人を収容できる観客席。競技場を見おろせる居館の上階には、貴人用の観覧台もある。

もともとは戦闘競技会の好事家《こうずか》だったザルブル城の城主が、私財を投じて城を改築したのがはじまりとされる。後に国家連合により公認され、現在では裁定競技会や西方地域杯など、公式競技会の開催地の一つとされている。

──ともかく、ここを離れたらわたしなど、森のなかの雑草です。リヒトさんが来るまで、なんとか。

酒臭《くさ》い男におしやられ、貴婦人の豊かな臀部《でんぶ》で顔をつぶされる。ニナは懸命に耐えるが、ついにその足が地面を離れた。

そうなればどうしようもない。人の流れのままに移動させられ、ようやく解放されたときには、石畳《いしだたみ》に投げだされている。

両手をついて身を起こした身体が、ひょいと持ちあげられた。

「え？」

おどろくニナの目の前を、馬車が勢いよく通りすぎる。

屋根に戴《いただ》いた百合紋章が陽に煌《きら》めいた。混雑する人々を我が物顔でおしのけ、馬車は中庭への壁門へと消えていく。

ニナはごくりと喉《のど》をならした。

ぶつかるところだった、と冷や汗をかくと、思いがけない声が聞こえてくる。

「あの馬車はリーリエ国の王族か。気高い百合紋章を誇りながら、無頼者《ぶらいもの》のような操縦をする」

振りむいたニナは仰天《ぎょうてん》した。同じような旅用外套《がいとう》に同じ色の目。ニナを脇にかかえたロルフが、険しい顔で壁門の方を睨《にら》んでいる。

「に、兄さま！」

石畳の上におろされたニナは、兄を見あげて目をまたたく。

目の前の存在と現在の状況が、まったく理解できない。今回の観戦はニナとリヒトの二人だけと聞いている。昨日の朝、団舎を出るときには競技場で打ち込みをしていた兄が、なぜここにいるのだろう。

対応に困っていると、朗《ほが》らかな声が聞こえてきた。

「ニナ！　やっと見つけた！」

群衆のなかでリヒトが手をふっている。

人の海をかきわけ、リヒトは頬《ほお》を上気させて駆けよってくる。手にした紙袋ごとニナを抱きしめた。

「ごめんね、あんまり美味《おい》しそうでつい、あれもこれもって。ねえこれ見てよ！　シュバイン国は西方地域一の麦の生産地なんだけど、パンの種類が豊富だよねえ。胡桃《くるみ》入りに玉ねぎ入り。この黒いのははちみつをかけて焼いたんだって。革袋は木苺《きいちご》の果実水《かじつすい》だから半分こして……あれ？　え？　あんたロルフだよね？」

紙袋の中身を見せていたリヒトが、唖然《あぜん》とした顔をする。

なんでここにいるの、てかなにしてんの、とたずねたリヒトに、ロルフはむっつりと答えた。

「今日というこの日にザルブル城にいることに説明がいるのか。理由など知れたこと。ガルム国の戦いぶりを見にきたまで」

「くそ真面目《まじめ》なあんたらしい答えだけど、だったらいっしょに来ればよかったじゃん。それによくニナと会えたよね？　おれなんか迷子届を出そうか真剣に悩んだくらいなのに。まるで待ち伏せしてたか、あとをつけてたみたいに……」

リヒトはあ、と声をあげた。

意外そうな顔でロルフと、腕のなかのニナを見くらべる。

リヒトはおもむろに咳払《せきばら》いをした。

紙袋から黒パンを取りだすと、ロルフに渡す。

「はいこれ。お詫《わ》びの気持ち」

「なんの詫びだ？」

「いや、団長の許可はもらったけど、普通の感覚してたら気になるよね。だけど心配しなくても紳士だったよ？　宿だって別の部屋だし、いま抱きついたのは発見できて嬉しくてつい。でも馬の相乗りは大目に見てくれない？　腰に手をまわしてもらわないとあぶないし、おれも多少はお楽しみがないとさ」

「意味不明だな。弁解の意図も内容も理解できず、必要性も感じない。したがってこれは受けとれぬ」

ロルフは黒パンをぐいと突きだす。

「おれがザルブル城に来たのはガウェインを見るためだ。前回の裁定競技会から一年がたち、現状を認識しておく必要がある。遠乗りの最中にふと思いつき、馬を駆った。妹を見かけたのは…………偶然だ。それよりも先ほど、リーリエ国章を戴いた馬車がザルブル城に入った」

「偶然だ、の前の沈黙が気にならなくもないけど、リーリエ国章の馬車が？」

リヒトは眉《まゆ》をひそめる。

城壁の先、居館の上階にある観覧台を見あげて目を細めた。

「リーリエ国章の馬車ってことは王族か。気になるな。競技会より夜会に夢中な奴らが、他国の裁定競技会をわざわざ観戦に来るなんて」

ザルブル城の大鐘が時を告げた。

裁定競技会の運営を任された、国家連合の審判部だろう。国家連合旗と同じ意匠《いしょう》のサーコートをまとった男たちが、壁門を通過する人々に、お急ぎくださいと声を張りあげる。

リヒトはニナの腕をつかんで走りだした。

おい待てこれを、と黒パンを掲《かか》げたロルフを無視し、すいすいと人の海を越えていく。

ロルフは短い息を吐くと、観客席に向かったふたりのあとを追った。

大競技場を囲む城壁の屋上。

階段状の観客席に腰かけたニナは、周囲に流れる異様な空気に気づいた。

――なんでしょう。この重苦しい感じは。

賞金と名誉をかけて戦う地方競技会と、国の命運をかけて戦う裁定競技会では格式がちがうのは当然だ。

それにしても観客席に座る人々は、自国の騎士団の活躍に期待している雰囲気《ふんいき》ではない。不安そうな表情で競技場を見おろし、ひそひそと声を交わしている。

「今日は出場を辞退する騎士が多くて、やっとかき集めたらしいな。無理もない。前回の競技会で〈赤い猛禽〉に足を砕《くだ》かれた団長は二度と歩けないと聞いた、目を奪われ、腕を断たれた騎士もいたと」

「ガルム国の狙いは領土ではなく、我が国の良質な麦だろう？　不作を理由に麦の借用を求めてくる。断ると、過去の領土紛争を理由にして裁定競技会を申しこみ圧力をかける。これでもう三度目だ」

「麦の返済を要求しても、のらりくらりと期日を先延ばしにする。外聞を考えてか、返さないとは決して言わない。文句があるなら競技会で決着をつけてもいいとまで、開き直るそうだ」

「奴の蛮勇《ばんゆう》を頼りに、ガルム国はやりたい放題だな。王城では鼻つまみものの異形《いぎょう》の王子も、競技会では利用価値がある。裁定競技会をちらつかせ、理不尽な要求を押しとおす。このままではいずれ、シュバイン国騎士団は壊滅だ」

ニナは息をのんだような顔をする。

――ガルム国がリーリエ国に裁定競技会を申しこむのも、ベアトリス王女がガウェイン王子の求婚を断ったせいだと団長は言っていました。ガルム国はほかの国にも、別の目的をはたすために、戦闘競技会制度を利用している、ということですか？

遅れて観客席に来た兄ロルフが、〈お詫び〉の黒パンを仏頂面《ぶっちょうづら》でリヒトに突きかえす。ロルフはそのまま、空《かわ》いているリヒトの隣に座った。

ニナは異様な喉の渇きを感じて、木苺の果実水を口にする。

存在だけで恫喝《どうかつ》の手段となるガウェイン王子とは、いったいどのような騎士なのか。血に染まった鷲《わし》を想像したニナが胸騒ぎにふるえたとき、おお、と地鳴りのようなどよめきが観客席を揺らした。

一点に向けられた人々の視線。

つられて顔を動かしたニナの手から、革袋がどさりと落ちた。

青海《あおうみ》色の目と小さな唇が限界まで開かれる。

それほどのおどろきと、衝撃と。

――あれ……あれは……な、なん……ですか？

木杭《きぐい》で囲まれた大競技場。東西の端に国旗を掲げた陣所から、十五名ずつの騎士があらわれて整列する。

東側は麦穂を意匠とするシュバイン国章のサーコートをまとう騎士団。

西側は双頭の鷲を意匠とするガルム国章のサーコートをまとう騎士団。

そのなかに一人、とてつもなく巨大な騎士がいた。

身の丈は陣所の天井と変わらない。灰銀色の甲冑《かっちゅう》に緋色《ひいろ》のサーコートをまとう屈強な巨《きょ》軀《く》。両刃の大剣も、毛皮を裏打ちした爪型盾も規格外の大きさだ。顔の大半は兜《かぶと》で隠され、見えるのは鷲に似た鼻と三日月のように笑んだ口元。炎のような兜の布飾りに包まれた命《めい》石《せき》が、邪悪な目のように光っている。

ニナの背筋がぞっと粟立《あわだ》った。

小柄で力も弱いニナは、自分より大きくて強い存在しか知らない。

けれどそれを差しひいてなお、その騎士は〈異質《イン・フェルネス》〉だった。同じ人間とはとても思えない。まるで人肉を餌《えさ》とする化物が、地下世界から這《は》いでてきたかのように。

――あれがガルム国の〈赤い猛禽〉……ガウェイン王子……。

大競技場の中央で、両国の立会人をしたがえた国家連合審判部が口上を述べはじめる。

裁定すべき両国の主張や、国家連合憲章における結果順守の義務。反則行為や棄権《きけん》についてなど、競技会規則があらためて告げられた。

審判部が片手をあげる。

砂時計が返され、それを合図に銅鑼《どら》が鳴り、両国の騎士団がいっせいに走りだした。

ニナは初めての裁定競技会に固唾《かたず》をのみ——そしてすぐ、口元を両手でおおった。

——こんな……こ、こんなの。

競技場でおこなわれたのは虐殺《ぎゃくさつ》だった。

実際に命を奪うわけではない。けれど何人かは確実に、騎士としての生命を断たれただろう。

ニナの身長と変わらぬ長大な剣を振りまわし、ガウェインは麦穂を刈るようにシュバイン国の騎士を倒していく。腕を砕かれ足をつぶされ、動けなくなったところにガルム国の騎士が群がり命石を割る。

砂時計が三反転して前半が終わるまでもない。

勝機がないと悟ったか、惨劇《さんげき》を見るに耐えかねたか。シュバイン国の団長は陣所前に掲げられた国旗を倒し、裁定競技会の棄権を自らの手で表明した。

——決着の銅鑼が鎮魂歌《ちんこんか》のようにひびきわたる。

観客の一部から歓声があがったのは、ガルム国から応援に来ていたものたちだろう。ニナの周りに座るシュバイン国民たちは悲壮な表情で、担架に横たえられる騎士団員を眺めている。

両国の紛争はこの競技会をもって裁定される。

所有権が問われた土地はガルム国の領土として公認され、シュバイン国が不服をとなえれば、加盟国から招集された国家連合軍による制裁が実施される。

たとえガルム国の目的が土地ではなく麦の借用であり、そのための恫喝《どうかつ》手段として裁定競技会を利用していても、下された結果は絶対だ。それが火の島に恒久平和をもたらす〈戦闘競技会制度〉なのだ。

「ゼンメル団長の言葉ではないが、おまえの胃腸はどういう構造をしている。精神と同じくらい図太いのか？」

呆《あき》れたようなロルフの声が聞こえる。

ニナはようやく、隣のリヒトが屋台のパンを夢中で食べていることに気づいた。

競技場で勝利の雄叫《おたけ》びをあげる〈赤い猛禽〉の、空恐ろしい迫力にあらがうように、リヒトはパンを嚙《か》みちぎっている。

「おれには、あんたの容赦《ようしゃ》ない口調の方が、どうなってる、だけどね。可愛《かわい》いニナと兄妹とか、マジで思えない。ともかく食べなきゃだめだって。観客席でふるえている余裕なんかない。そのための〈与えられた一年〉なんだからさ」

ニナが落とした果実水の革袋を拾いあげ、リヒトは一息で飲みほす。

その手が空《から》の紙袋をぐしゃりとつぶした。

ニナは少しおどろいたような顔をする。

騎士らしくごつごつした指は、骨が浮きでるほど強くにぎられていた。

「ごめんね。半分こしようって言ったのに。もう一度買ってくるから、待ってて！」

リヒトは唐突《とうとつ》に席を立つ。

問うようなニナの視線に背を向け、競技場を出る観客の流れに消えていった。

「与えられた一年……？」

いったいどういう意味なのか。それにいつも陽気で優しいリヒトの、あのぴりぴりした雰囲気はなんだろう。

ニナは不安そうに胸の前で両手を組む。

そんな妹をしばらく眺め、ロルフは独り言のように口を開いた。

「戦闘競技会で相手を死亡させた騎士には罰則が科される。ガルム国との去年の裁定競技会で、リーリエ国の騎士が死亡した。加害者のガウェインには一年の出場停止処分が下され、〈赤い猛禽〉の蛮勇に頼るガルム国はその間、どの国にも裁定競技会を仕掛けなかった。それゆえの〈与えられた一年〉だ」

「し、死亡事故？」

聞いていないのかと、ロルフは怒ったように眉《まゆ》をよせた。

「後半開始早々のことだ。ガウェインの大剣がリーリエ国の騎士、デニスの喉《のど》に入った。本来なら甲冑の首当てで守られる急所が、不運にも留め具が破損していた。喉を裂かれたデニスは絶命し、違反行為により競技会はリーリエ国の勝利とされた。そしてデニスの名は、団舎の十字石《じゆうじせき》に刻まれた」

ニナは初めて団舎に来た日のことを思いだす。

西塔から見おろした前庭で、リヒトは大きな十字石に花を供えていた。

一番下に刻まれた名前らしきものに触れた――あれはその競技会で命を落とした騎士への手向《たむ》けだったのだろうか。

「戦闘競技会に絶対の安全はない。命を失わずともガウェインの手で、おれの知るかぎり百名に近い騎士が、二度と競技場に立てない身体《からだ》にされている。国の命運を左右する国家騎士団の騎士であるとは、そういうことだ」

ロルフは競技場を見おろした。

シュバイン国旗が倒された東の陣所。数名のシュバイン国騎士が力なく横たわり、審判部が慌ただしく行き来している。手当てを受ける騎士のなかには、手足があらぬ方向に曲がっているものも、泡《あわ》を噴いて身体を痙攣《けいれん》させているものもいた。

ニナの喉が恐怖に鳴る。

西の陣所に視線を向けると、ガウェインが獣のような雄叫びをあげている。

血まみれの大剣を振りかざして叫ぶ姿は、鎖に繋《つな》がれていた猛禽が解きはなたれ、禍々《まがまが》しい翼を広げたようだった。

4

「追いつめたぞ？　びびった涙目で見られたって、よけいに楽しくなるだけだからな？」

「ト、トフェルさん、お願い、待っ」

「待ってですんだら審判部の角笛《つのぶえ》なんかいらねーんだよ。さっきはまんまと射ぬかれたが、今度は覚悟するんだな？」

　トフェルはにやりと口の端をあげる。

　弓をかかえてあとずさるニナに飛びかかった。

　悲鳴があがり、次に腹がよじれるような笑い声が夏空にはじける。

　やめて、ふひゃ、お腹が、ひゃは、苦し——息もたえだえに悶絶《もんぜつ》するニナをおさえつけ、トフェルは革鎧《かわよろい》の隙間《すきま》に手を突っこみ、腋《わき》の下や背中をくすぐる。

　丸皿のような目を輝かせ、革靴《かわぐつ》を脱がせて足の裏を触ろうとしたトフェルの兜《かぶと》に、リヒトがどんと、それこそ足の裏をのせた。

　トフェルはぎゃっと頭をおさえて振りかえる。

「ってえな！　ここからがお楽しみなのに邪魔すんなよ！　しかも泥まみれの靴とかきたねーだろ！　馬鹿になるだろ！」

「トフェルはじゅうぶん汚いし、それ以上は馬鹿にならないから大丈夫。お触りは禁止って注意したでしょ？　忘れちゃったの？　兜が鶏《にわとり》の頭に似ているからって、記憶力まで鳥にならなくていいんだよ？」

「こんなガキにお触りもねーよ！　見た目が玉ねぎの肉なんか、おれは絶対に食いたくねーし……って痛え！　マジで痛いって！」

リヒトは兜にのせた足をぐりぐりさせる。

ニナが捕まったから小休止ね、と告げると、走ってきたオドが脱力するように膝に両手をついた。馬鹿になる前に禿《は》げちまうと、トフェルは情けない顔で舌打ちする。

森の木々も色濃い七月の中旬。

団舎の裏庭にある中競技場では〈鬼ごっこ〉がおこなわれていた。

といってもただの遊びではない。リヒトらが追いかけ、ニナは逃げながら兜の命石《めいせき》を弓で狙うという、弓術と走力と、それに若干《じゃっかん》の遊び心を加えた実戦形式の訓練だ。

太陽が鮮やかに照りつける午後。風はなく、からりとした西方地域にしては湿度も高い。

多量の汗が甲冑にこもり、つなぎ目から噴きでた熱が蒸気のように見える。

トフェルから解放されたニナは、乱された鎧下を半泣きで直した。悪戯妖精《ニュンフェ》も人間大になれば、立派な暴漢だ。

今度やったら縄でしばって森に捨てるから、と肩を抱くリヒトに支えられ、ニナは水場へと向かった。三つの競技場がある裏庭には、中央に石造りの東屋《あずまや》と井戸がある。〈迷いの森〉と変わらないほど常緑樹が茂る庭は、古城らしいひそやかな趣《おもむき》だ。

季節に彩を添える多年草に、木陰にはハーブが葉をたらす。古めかしい装飾彫りの支柱に、半月のような天井の東屋。洗い場をそなえた井戸では小鳥が遊び、茨《いばら》のなかに姫君が眠っていそうな風情《ふぜい》だ。

けれど現実、東屋の格子垣《こうしがき》には異臭を放つ汗拭き布がかけられ、丸卓には生首のように兜が散乱。長椅子《ながいす》には麗《うるわ》しい姫君ではなく、甲冑姿のむさ苦しい男たちがのびている。

小競技場で一対一をしている中年組は、果実水を頭からかぶり、暑い、蒸れる、と泥まみれの手を甲冑に突っこんでかきむしる。このあたりも〈きたない〉の所以《ゆえん》だろうと、ニナは顔を洗いながらこっそりと思う。

井戸を背に座りこむと、リヒトが果実水の木杯を渡してくれた。

「はいどーぞ。よく冷えてて美味《おい》しいよ」

「あ、ありがとう、ございま、す」

ニナは息をきらせて礼を言う。

ザルブル城での裁定競技会を機に、林道での走力訓練は裏庭での〈鬼ごっこ〉に変わっている。

一カ月ほどの地道な周回の成果か、ニナも砂時計一反転程度なら耐えられるようにはなった。

けれど屈強な団員たちとは基礎体力がちがう。最初の二・三回こそ追われながらも命石を射ぬくことができるが、回をかさねるごとに動きが鈍り、最終的には容赦のない〈くすぐりの刑〉を受ける羽目になってしまう。

――なんだか今日は、特別に苦しいです。風がないせいでしょうか。頭の奥がぼうっとして、果実水が喉を通りません。

肩で息をするニナの顔は真っ赤で、目は虚《うつ》ろだ。革鎧や束ねた髪の先からは、汗がしたたっている。

リヒトは水分補給をすませると、競技場に散らばる矢を拾いにいく。

集めた落矢をニナが背負う矢筒《やづつ》に入れ、はじめようか、と声をかける。大の字で寝ていたトフェルが悲鳴をあげた。

「マジかよ！　朝からもう二十回はやってるぜ？　この暑さだし、もう少し休ませろって！　鎧下が濡れて気持ちわりーし、水浴びして取りかえてーんだよ！」

「残飯置き場みたいな部屋で寝起きしてるくせに、気持ち悪いとかないでしょ？　本番まで一カ月もないし、相手が相手だ。ニナのためにもせめて前半だけ。砂時計三反転は使える足にしないと」

さあ、と手を差しだされ、ニナは喉がつまったような顔をする。

爽《さわ》やかな笑顔ながら、どこか有無をいわさない雰囲気《ふんいき》のリヒトに、おずおずと腕をのばした。

――なんだか、最近のリヒトさんは。

シュバイン国とガルム国の裁定競技会から、リヒトは少し様子がおかしい。

表面的には変わらないが、こと訓練に関してだけ。よくいえば非常に熱心で、悪くいえば妙に焦っている。

以前ならリヒトはニナの体調を優先し、疲労を感じる前に休息をとってくれていた。脈拍や体温の変化を手ずから確認し、木陰に運んだり汗を拭いたり、恐縮するほど気づかってくれていたのだが。

リヒトに手を引かれる小さな身体を、中年組に果物を配っているオドが心配そうに見ている。

――ザルブル城で裁定競技会を観戦したニナとリヒトは、城下の厩舎《きゅうしゃ》に預けていた馬を引き取って帰路についた。

果実水と軽食を買いこんだリヒトは、いつも通りの明るいリヒトだった。街道で宿をとるときも個室に分かれるまで、疲れていないかお腹は減っていないかと世話を焼いてくれた。

けれどその笑顔は上の空で、気がつくと遠くを見ていることが多かった。

ニナは兄から聞いた去年の事故を思いだす。

相手を殺してはならない戦闘競技会ではあるが、不幸な事故は往々《おうおう》にしてある。仲間の騎士を死なせた〈赤い猛禽《ブルート・フォゲル》〉の復帰を目《ま》の当たりにして、リヒトが平静さを失うのは当然だ。実際に見たガウェインは同じ人間であるのが疑わしいほど大きな、粗暴な騎士だった。

ニナも考えると鳥肌がたつ。遠目だから最後まで観戦できたが、間近で接したら腰を抜かしたかもしれない。その力を熟知している以上、訓練に熱が入るのも無理はないけれど。

ニナは重い足取りで中競技場に向かった。

雲一つない青空に輝く太陽を、力なく見あげた顔に影がかかる。

中年組と小競技場で一対一をしていたロルフが、行く手をさえぎるように立っていた。

「リヒト、次の相手を頼む」

「頼むって」

リヒトは呆《あき》れたような声をあげる。

「うちの一の騎士はほんと空気読まないし、唐突《とうとつ》だよね。ご覧の通りいまは取りこみ中だから、あとでいい？」

「問題ない。砂時計一反転以内には終わらせる」

「一反転？」

大きく出たね、とリヒトは鼻を鳴らした。

「西方地域杯で三年連続次点の〈隻眼の狼《アイン・ヴォルフ》〉なら当然かもだけど、それは盛りすぎじゃない？　たしかに破石数《はせきすう》じゃ完敗だけど、失石数《しっせきすう》はおれの方が少ないのに」

リーリエ国騎士団での攻守の要《かなめ》がロルフであることは誰しもが認めるところだ。しかしリヒトにも騎士としての矜持《きょうじ》がある。当然のように勝利を宣言されて、はいそうですかと納得できるものではない。

リヒトは東屋から盾を持ってくる。

兜の留め具を確認し、腰の剣帯から大剣を抜きはなった。

「ところで、砂時計一反転以内に終わらなかったらどうするの？　罰として王都の娼館《しょうかん》とかどう？　団長も遊び心が足りないって言ってたし、綺麗《きれい》なお姉さんに囲まれたら、その仏頂面《ぶっちょうづら》もほぐれるかもよ？」

「可能性のない仮定話に意味はない。成長には遊び心よりも日々の訓練だ。したがって〈極めてふしだらな遊興場〉へはおまえが行くといい。ただし顔は腹立たしいほどほぐれている。それ以上、ゆるめる必要はない」

「ふしだらな遊興場って……その表現の方がよっぽど恥ずかしいし。てか今日のあんた、いつも以上に、態度も言葉もきついよね！」

リヒトは大剣をうならせる。

兄の申し出で思わぬ休息を得られたニナは、正直なところ安堵《あんど》した。いまのうちにと寝転がったトフェルの近くに座り、兄とリヒトの攻防を見守る。

ふたりの対戦を見るのは模擬競技以来だ。

あのときリヒトは兄の猛攻を粘り強く防ぎ、固い守備でニナに弓射の機会をつくってくれた。さすがのロルフも守り巧者のリヒト相手では簡単にはいかないだろう。

そんなふうにニナは思ったが。

「──！」

攻防の帰趨《きすう》はあっけなく決した。

砂時計の一反転を待たず、ロルフの刺突《しとつ》が鮮やかに決まる。リヒトの命石が飾り布ごと断たれるように砕《くだ》け散った。

東屋でのびている中年組から、おー、さすがだねーと声があがる。打たれた衝撃で尻もちをついたリヒトは、気が抜けたような顔をしている。

ロルフは大剣を軽く振った。

「一反転も必要なかったか。これでおまえは〈極めてふしだらな遊興場〉行きだな。せいぜい、軽口の腕前でも磨《みが》いてくるといい」

「いちいち腹立つ言い方だよね。なにこのロルフ、すげえムカつく。てか、もう一戦！」

リヒトは跳ねるように立ちあがる。

命石を落とされた兜を取りかえ、ふたたびロルフと対峙《たいじ》した。

けれど何度挑んでも、リヒトの大剣は無意味な軌道を描くだけだ。避けられる一撃をあえて受け、深追いして自滅し、ロルフの大剣に次々と命石を献上する。

——なんだか変です。兄さまが特別にお強いのだとしても、いつものリヒトさんじゃないような。

仮入団して日の浅いニナの目にも、リヒトの動きは不自然に見えた。

五回、十回、十五回——競技場の脇に使用済み兜の山をつくり、老年組はおまえの方だろ、と中年組から野次が飛ぶようになったころ。

リヒトはようやく観念したように、もう降参と、両手をあげて座りこんだ。

兜をはずし、汗がしたたり落ちる金髪をふる。

涼しい顔のロルフを悔しそうに見あげた。

「まいった。箱単位で兜を駄目にしたの、入団したとき以来かも。団舎の運営は酒代で普通に火の車なのに、副団長が帰還したら頭をかかえられそうだな。にしても今日のあんたはいつもに輪をかけて容赦《ようしゃ》ないよね。えぐい角度でがんがん突いてくるし」

「いつも以上かどうかは知らぬ。だが剣筋は騎士の心の鏡だと団長は言っている。おまえが〈輪をかけて容赦ない〉と感じたなら、おれがおまえに対し、〈そういう感情〉ということだ」

「え？　ちょっとなに〈そういう感情〉って。てことはロルフ、おれに怒ってんの？」

リヒトはおどろいた声をあげる。

首をひねり、やがてもしかして、と眉《まゆ》をひそめた。

「やっぱあれ？　でも言っとくけど、ザルブル城から先に帰ったのはロルフだよ？　厩舎《きゆうしや》から出るなりさっさと馬を走らせてさ。それに帰りも紳士でしたからご心配なく。あとから文句言うくらいならいっしょに――」

「遠乗りの時間だな」

ロルフは身をひるがえした。

居館の方へ歩き去る後ろ姿を、リヒトは啞然《あぜん》と見おくる。

話し途中なんだけど、と頭をかいて立ちあがり、ニナのもとへ向かった。

「ごめんね？　待たせたあげく、みっともないとこ見せちゃって。この暑さじゃ見学も辛《つら》いよね。長くなるなら東屋で、しっかり休息をとってもらってた方が――」

リヒトははっとしてニナを見た。

血の気の引いた肌に乾いた唇。土埃《つちぼこり》にまみれた黒髪やあざの目立つ手足。痛々しい様子はとても、訓練をつづけられる状態では。

くる。


「……そういうことか……」

リヒトは額を片手でおさえた。

肩を落とした姿に、トフェルとオドが微妙な顔を見あわせる。

ニナは東屋へ走った。汗拭き布を手に、井戸で冷やした果実水を木杯にそそいで戻ってくる。

「あの、これを」

リヒトがゆっくりと顔をあげた。

ニナはうろうろと言葉を探す。

去年の事件のことも騎士団の事情も、よくは知らない。そんな自分が口を挟むことではないとは思うけれど。

「さ、最近のリヒトさんは少し、お疲れのように見えます。訓練も大切ですが、休憩も必要ではないかと。差しでがましいとは、承知しています。でも無理をかさねて、リヒトさんが怪我《けが》でも――」

「ニナは綺麗だね」

「されたら大変だと……え？　き、きれい？」

ニナは頓狂《とんきょう》な声をあげる。

不思議そうに全身を見おろした。くくった髪は乱れて息はきれ、土と汗まみれで異臭もする。三重苦の〈きつい〉と〈きたない〉を具現化したような姿が、綺麗と結びつくとは思えない。リヒトは疲労のあまり、意識が混濁《こんだく》しているのだろうか。

　大丈夫ですか、医師を呼んでもらった方が、と周囲を見まわしたニナに、リヒトは小さく笑った。

「ごめん。なんかおれ、だめだ。ニナが綺麗すぎて、しんどい」

「あ、あの、リヒトさん？」

　リヒトは空を見あげる。

　西の大海のような夏空に目を細め、吹っ切るような短い息を吐いた。

　ニナから果実水と汗拭き布を受けとる。木杯を一息で飲みほし、さっと顔をぬぐった。

　心配そうに見あげてくるニナの腰をつかむと、荷物のようにひょいと肩にかつぐ。

「わきゃ⁉」

「今日は終わり！　もう休日！　気分転換に遊びにいこう！」

　リヒトは明るい声で宣言すると、呆気《あっけ》にとられた団員たちに見おくられて競技場をあとにした。

◇◇◇

真っ白なクロスの眩《まぶ》しい丸卓。

並べられるのは宝石のように輝く季節の果物のトルテ。木苺《きいちご》のソースをかけたチーズケーキに、クリームを添えた厚切りのクーヘン。干し葡萄《ぶどう》をたっぷり練《ね》りこんだシュトレンと、胡桃《くるみ》のクッキーに林檎《りんご》の果実水——そして頬杖《ほおづえ》をついた両手に顎《あご》をのせ、にこにこと上機嫌なリヒトの姿。

対面に座るニナは小さな身体《からだ》をもっと小さくする。

場所も状況も。なにより町娘が着るような上等な服が、柔らかくて足元がすーすーして落ちつかないのだ。

「あの、やっぱりこの服は、わたしには似合わないし、変です。お店に戻って、へ、返品を——」

「変じゃないって！　古着屋の女主人だって、目が大きくて手足は華奢《きゃしゃ》で、宣伝要員に欲しいくらい可愛《かわい》いお嬢ちゃんねって、大騒ぎだったじゃない？　まあ年齢的な誤解はおいといてさ。……やばいよね。お詫《わ》びのつもりなのに、むしろおれ得な？」

「で、でも、ドレスなんて村のお祭りで、祖母のお古を着ただけです。こんな綺麗な服じゃないし、代金だってリヒトさんが。わたし、お支払いします」

「それは却下《きゃっか》。無理させた謝罪の気持ちだって言ったでしょ？　ほんとごめんね。いろいろ焦っちゃってさ。自分本位で訓練を進めて、すごい反省。でもロルフって無関心なようで見てるよね。ザルブル城で会ったことも、心配であとをつけてたとしか」

「え？　兄さまがなにか？」

「あ、なんでもない。……うん。よけいな詮索《せんさく》すると、ロルフの剣技が容赦ないを通りこしそうな気がするし。えっと、じゃあこう考えよう。この青いドレスは変装。鎖帷子《くさりかたびら》のまじゃ目立つし、正体を隠すための必要経費。ならいいでしょ？」

焼いたバターのように甘い微笑《ほほえ》みを浮かべ、ね、とのぞきこまれる。

ニナは穴に入りたいような気持ちで唇を結んだ。

午後の訓練を途中で切りあげたニナは、リヒトにつれられ王都ペルレを訪れていた。

国家騎士団に仮入団して一カ月半。団舎を出て農村部を大回りし、南の城門から足を踏みいれた初めての王都は、洗練された貴婦人のように美しい街だ。

街の中央で夏空を戴《いただ》くのは、〈銀花の城《ラルジャン・フルル》〉と呼ばれる壮麗《そうれい》な王城。

重厚な居館を蠟燭《ろうそく》のように囲む塔には濃紺《のうこん》に白のリーリエ国旗。周囲には銀の花に群がる蝶のように貴族の屋敷が立ちならぶ。放射状に広がる街並みは石畳《いしだたみ》の灰色と建物の赤煉瓦《あかれんが》と、木々の緑と。鮮やかな配色は抜けるような青空に引きたてられ、それ自体が見事な風景画のようだ。

城門近くの厩舎に馬や弓をあずけたリヒトは、ぽかんと周囲を見まわすニナの手をつかみ、まずは服だねと大通りから小路へ。甲冑《かっちゅう》だけ脱いで金貨袋を手に団舎を出た彼らは、鎖帷子のままだったのだ。

リヒトは古着屋に入り、ニナが惑う間に深い青色のドレスを選びだした。高価な衣類は仕立屋に頼むのが普通だが、着古したものは古着屋が買い取り、補修して販売している。

女主人に頼みこみ、ちょっと試すだけ、とニナの背をおして店の奥へ。

着つけてもらえば胸からふわりと膨《ふく》らんだ七分丈のドレスは、細かいレース飾りが初々《ういうい》しく、ニナの清楚《せいそ》な雰囲気《ふんいき》に良く似合った。肩までの黒髪をリボンカチューシャでととのえると、王都に住む裕福な町娘のできあがり。

ニナが鏡を見てぼうっと頬を赤らめているうちに、リヒトは自分用の服を選んで支払いをすませる。膝丈のブリオーにフェルト帽という王都民風の恰好《かっこう》。首をふるニナに取りあわず、まあまあと手を引いて、月に二度は来店するというカフェに入った——のだった。

いったいこの状況はなんだろう、とニナは思う。

ほんの二カ月ほど前は王都からはるか南のツヴェルフ村で、カミラに怒鳴られながらヨルク伯爵杯の準備をしていたのに。

役立たずとされた弓の腕を認められて、国家騎士団に勧誘された。兄と思わぬ再会をし、その命石《めいせき》を射ぬいて仮入団することになった。そしてこんなふうに男の人と、王都でお茶を飲むことになるなんて。

——それに、リヒトさんに自覚があるのかはわかりませんが。

いただきます、と顔をほころばせたリヒトはさっそくお菓子にかぶりついた。ニナは入店時から感じる複数の視線に、そわそわと膝をすりあわせる。

梁《はり》がむきだしの低い天井に、吊下灯《つりさげとう》が照らす丸卓。こぢんまりした店内は、午後のお茶を楽しむ女性客でいっぱいだ。

そして菓子の大皿が並ぶカウンターにいる町娘も、奥の丸卓席に集まる婦人たちも、窓際に座るニナを——リヒトを見ている。

どこの騎士かしら、素敵ねえ、ともれ聞こえる声。でもたしかに見とれても無理はないと、ニナは目の前のリヒトをこっそりと見あげる。

端整な甘い顔立ちは表情が豊かで、次はどう変わるのかどきどきする。笑うと涙袋の目立つ新緑色の瞳は、不思議な魔力があるように目がそらせない。

気まぐれに躍る耳にかかる長さの金髪。普段は陽気な猫のようだけれど、競技場で盾となる後ろ姿は、頼りがいがあって安心感があって。

「ひゃ⁉」

ニナはびくりと肩をはねさせた。

身をのり出すようにニナの額に手をあてたリヒトが、おどろいて目をまたたく。

「ごめん。顔が赤いから熱でもあるのかなって。ぜんぜん食べないし、もしかして嫌いなものとかあった？」

ニナはぶるぶると首をふった。

心配そうにのぞきこむリヒトの顔がなぜか正視できなくて、誤魔化《ごまか》すように胡桃《くるみ》のクッキーを手にする。

「だ、大丈夫です。お茶を飲んだら気が抜けてしまって。リヒトさんは甘い物がお好きなんですよね？　どうぞ気にしないで、食べてください」

リヒトはそれならいいけど、と安堵《あんど》したように息を吐いた。

タルトを一口で頬張り、干し葡萄のシュトレンにかぶりつく。チーズケーキをふた切れまとめて口に入れたリヒトは、感心したようなニナの視線に気づき、恥ずかしそうに苦笑する。

「……たぶん説得力ないけど、特別にお菓子が好物じゃないよ？　好きは好きだけど、食べられるときに腹いっぱい食べておこうって感じ。おれ小さいときに、いつも飢えてたからさ」

「う、飢えていたんですか？」

「そうそう。おれシレジア国の貧民街で育ったから。母親は酒場女で父親はリーリエ国の……ちょっと身分のある人で、おれは不義の子供っていうの？　母親はもとは女官だったんだけど、本妻の嫌がらせが酷《ひど》くて国を出てさ。頼る人もいなくて食べるために酒場で働くようになって。まあよくある話だよね」

ニナは胡桃のクッキーを喉《のど》につまらせそうになった。

ツヴェルフ村の民として平凡な両親のもとに生まれ育ったニナには、不義の子供がよくある話なのかはわからない。それに騎士団員の個人情報を、こんなふうに明かしていいのだろうか。

ニナはなんとなく店内を見まわした。

一方のリヒトは気にする様子もない。厚切りのクーヘンに北方地域の豪雪のようなクリームを、これでもかと落とす。

「その酒場の亭主が、強欲で嫌な親父《おやじ》でね。朝から晩までこき使われても、薄いスープ一皿しかもらえなかった。だからおれ、騎士になって戦闘競技会で活躍して、賞金でお腹いっぱい食べるのが夢だったんだ。苦労ばかりの母親にも楽をさせたいなって。母親はおれが十歳になる前に病気で亡くなったから、結局は果たせなかったけど」

リヒトはしみじみと苦笑する。

「残されたおれは父親に引き取られて、母親ちがいの兄姉と暮らしたんだけど、これまた高慢で嫌味な奴らでね。家族として扱ってくれたのは、たった一人だけ。苛《いじ》められて冷遇されて、まあお約束？　……だけどいちばん嫌だったのは、名前を変えられたことだけどね」

「名前を変えられた？」

どういうことかと戸惑うニナに、リヒトはうん、とうなずいた。

「〈リヒト〉は母親がくれた、おれにとっては本当の名前。だけどその〈身分ある家〉に酒場女がつけた名前は恥《はじ》だって、父親が〈ラントフリート〉って名前をつけた。おれはすごい反発してさ。だって母親の存在を消されるみたいじゃない？　いっしょに暮らした日々もなにもかも。母親が残してくれたものは、おれ自身と名前しかないのにさ」

「リヒトさん……」

「そう。だからその名前で呼ばれるの、すごい嬉しい。で、十五歳で家を出て街の騎士団に入ったときから、〈リヒト〉って名のってるってわけ。西方地域杯なんかの公式競技会だと、登録名と破石数が公表されるでしょ？」

「あ、ええ。そうですね」

「〈隻眼の狼ロルフ〉みたいに〈リヒト〉の名前が国中に広まれば、誰も二度と否定できなくなるかなって。得意な守備に徹した方が騎士団に貢献できるとは思ったけど、騎士の名誉は破石数だからさ。だからおれはあいつにも――」

リヒトは唐突《とうとつ》に口ごもる。

不自然な沈黙。

クーヘンを雪のように飾るクリームが、どろりと溶けて皿に落ちる。

あの、と心配そうに声をかけたニナに、リヒトは首をふった。

「……ごめん。なんかだめだなおれ。ニナを楽しませたいと思ってつれてきたのに、重い話をしちゃって。迷惑じゃなかった？」

「迷惑だなんて。ただ個人的な事情を、わたしに話していいのかと」

ニナは恐縮したように首をすくめる。

リヒトは少し考えてから答えた。

「なんでだろ？　誰にでも話してるわけじゃないけど、ニナにはおれ、ずいぶんとお喋《しゃべ》りだ。訓練のときも思ったけど、ニナが綺麗《きれい》だからかな」

「き、綺麗って」

「少しの濁りもなくて清廉《せいれん》な感じ。おれが育ったシレジア国の海みたいな――あ、見たことある？　シレジア国は火の島《イグニス・インスラ》の西の端で、岬に立つと世界が海になるんだ。澄んだ青色が太陽の光をあびると、水晶をざーっと転がしたみたいに煌《きら》めいてさ。……あれ？　ニナやっぱり顔が赤いね。頬も耳も、木苺みたいに」

カフェでお菓子を楽しんだリヒトとニナは、大通りへ出て帰路についた。

南の城門から中央広場へとつづく通りには宿屋や飲食店が看板を掲《かか》げ、石畳《いしだたみ》の端には交易品を並べる商人が荷車をつらねている。夏の日暮れまでには余裕があるが、大聖堂の鐘は早々と夕刻を告げ、あたりは家路を急ぐ人々でそれなりの賑《にぎ》わいだ。

はぐれると大変だから、とリヒトはニナの手をにぎる。目についた屋台で土産《みやげ》の軽食を買いながら、鼻歌まじりに石畳を歩いた。

頻繁《ひんぱん》に訪れているのか、リヒトには行きつけの店が何軒もあるらしい。隣を歩くニナの姿に目を止め、声をかけるものも少なくなかった。

可愛《かわい》い妹さんね、と焼きアーモンドをくれる屋台の女亭主もいれば、隠し子なの、と握り鋏《ばさみ》をしゃきしゃき鳴らす花売り娘もいた。兄でもいいね、父親はちょっとな、とリヒトは楽しそうにはぐらかす。

困難な幼少期が想像できないほど、リヒトは明るく屈託がない。気さくな対応を見ていると、先ほどの言葉は意味がなかったのだと思えてくる。

誰にでも話してない、すごい綺麗だと、好意を示すような表現に動揺《どうよう》した。

でも考えればリヒトは兄が眉《まゆ》をひそめるほど軽口が多い。ニナが外見年齢で扱われるのも珍しくないし、リヒトにとっても同じだろう。お使いを頼まれて人混みで困っていた小さな子供。そういう対象のはずだ。

――そうです。わたしは本当に、おかしなかんちがいを。

ニナは気恥《きは》ずかしそうに頬をかいた。

そこへ恰幅《かっぷく》のいい交易商の腹を突いたリヒトが、いたずらっぽく笑いかける。

「今度は親戚《しんせき》の子供か――だって。みんな空気読まないよね。こういうときは普通、恋人にまちがえてくれる展開じゃない？」

「こ――……」

ニナの胸が子兎《こうさぎ》のように飛びはねた。

目を丸くして見あげると、リヒトは酒場の呼びこみに手をふっている。軽口だ――これもきっと、他愛《たわい》ない軽口の類《たぐい》だとは思うけれど。

ニナは赤らんだ顔でうつむいた。潤んだような青海色《あおうみ》の目が、リヒトににぎられた自分の手にそそがれる。

冷静に考えたらこの状況は変ではないだろうか。

ニナは〈その手〉のことに縁遠い。幼少時より年下として扱われ、年頃の娘が参加する祭りにニナが出たときは、村人は怪訝《けげん》な顔をするほどだった。

ニナ自身もそういう対応に慣れ、いつしか自分は〈その手〉の対象外だと思うようになった。だからカミラたちが村の青年の噂話《うわさばなし》をするのを、他人事《ひとごと》のように聞いた知識しかないが、手をつなぐのは親子や恋人同士のはずだ。

――それとも王都ペルレでは迷子防止に、年頃の男女が手をつなぐ風習でもあるのでしょうか。

半ば本気で考えているうちに、城門近くの厩舎《きゅうしゃ》へと到着する。リヒトは馬を引きとると、鞍《くら》の脇にニナの私服や軽食の袋をくくりつけた。

馬に飛びのると腕を差しだす。

騎士らしく固い手を遠慮《えんりょ》がちにつかむと、ニナの身体《からだ》は背後ではなく、リヒトの前へと引きあげられた。

「え？　ま、前ですか？」

「だってその服じゃ、またげないでしょ？　そんなことしたら帰る道々で、鼻の下をのばした見学者が行列だよ？」

リヒトは横座りさせたニナを抱えこむように手綱《たづな》をにぎる。

予想外の展開にニナは動揺した。相乗りするのは初めてではないが、前にのせてもらったことはなかったのだ。

南の城門を出たリヒトは街道を山間《やまあい》へと向かう。

ニナはできるだけ身体が触れないよう、肩に力をいれて姿勢をたもったが、揺れる馬上では意味がなかった。あっけなく体勢を崩し、あわてたリヒトに引きあげられる始末。あぶないでしょ、と強く抱きかかえられ、その胸にぐいと頬を押しつけられ、ニナはなんだか気が遠くなる。

嫌なわけではないけれど、慣れない状況に、身体と心が対応できない。胸は早鐘をうち手はふるえ、知恵熱でも出たように顔が熱い。

ともかくは団舎までの辛抱《しんぼう》だと、現実から逃げるように目をつぶっていると、リヒトが不意につぶやいた。

「こっそり遠回りしようと思ってたのに、本当に無粋《ぶすい》だよね。こういうのが馬に蹴《け》られて、ってやつ？」

「え？」

「王都を出てから、騎馬の一群があとをつけてる。ちらっと見たら、いかにもな外套《がいとう》姿の集団だ。たぶん〈例の野盗《やとう》〉で、残念だけど目的はおれたち」

ニナは息をのんでリヒトを見あげる。

馬の行く手に鋭い視線を向けたまま、リヒトはつづけた。

「団員自身が襲われるかもって、ゼンメル団長の読みどおりか。でも王都の近郊で狙いすましたように、なんて、偶然にしては都合がよすぎる。もしかして犯人は、騎士団の情報を入手できる奴ら、だったりね」

「騎士団の情報を入手できるって、あの、それってどういう」

「国家騎士団員だとわかって狙ってくるなら、入ったばかりのニナはともかく、おれの顔を知ってるってことでしょ。競技会じゃ兜《かぶと》で顔はろくに見えないけど、騎士団として王城の祝典に出ることもあるし、守秘義務も完璧《かんぺき》じゃない。そのあたりから情報がもれてる可能性も、あるかもしれないなってさ」

だとしたらガルム国の関与が噂される〈例の野盗〉は、王都周辺に潜伏しているのだろうか。それともまさかリーリエ国に、ガルム国に協力するものが。

考えこむニナに、リヒトは薄く笑った。

「副団長たちは新団員勧誘で各地をまわりながら、〈例の野盗〉の被害についても調べてる。帰ってきたら報告するとして、とりあえず詮索はあとにしよっか。相手の出方は不明だけど、ニナには危険だ。おれが出るから、その隙《すき》に隠れること。いいね？」

「で、でもリヒトさんお一人なんて」

「心配そうな声もぐっとくるけど、これからはじまるのは競技会じゃなくて戦闘だからさ。念のために弓矢は持ってて。でも基本は、大人しくじっとする方向で」

「は……は、はい」

ニナが答えるのを確認し、リヒトは街道を南下する。

団舎のある〈迷いの森〉への山道を素通りして、峠《とうげ》の先の林へと入った。

そのころにはもう、背後から迫る馬蹄《ばてい》のとどろきがニナの耳にも届いている。

ブナ林は上空で枝葉がかさなり、すでにあたりは薄暗い。見失うことを恐れたのか、夕暮れの馬足を速めた集団が近づくのを待ち、リヒトは唐突《とうとつ》に馬を止めた。

ニナをおろすと馬首を返し、おどろいて手綱を引いた騎馬の群れに飛びこんでいく。

数はおよそ二十名。白刃が夕陽に閃《ひらめ》き、二人の襲撃者が一瞬で落馬した。機先を制された襲撃者たちは次々と剣を抜く。

茂みの裏にかがんだニナは、激しい剣戟《けんげき》を耳に、弓と矢筒《やづつ》をきつく抱きしめた。

リヒトが強いことは知っている。攻撃が〈せいぜい十人並み〉といっても、それはあくまで国家騎士団での話だ。ツヴェルフ村での一戦を見るかぎり、野盗に後れをとるとは思えない。だけど相手は大勢で、リヒトには甲冑《かっちゅう》も盾もない。

不安な気持ちで金属音に耳をすませる。やがて地面がひびくような低い音が聞こえてきた。草の間から様子をうかがうと、リヒトと襲撃者の後方に新たな騎馬の姿が見えた。

──ま、まだほかに野盗が？

ニナは一気に青ざめる。

けれど交戦中のリヒトは接近する存在に気づかない。動揺するニナの目が、かかえている弓矢にそそがれる。隠れていてと言われたけれど、リヒトがあぶない目にあうのを、黙って見ているなんて。

ニナは矢筒を斜めに背負う。かがんだ姿勢で弓のにぎりに手をかけ、矢を引き抜いた。

樽型兜に狙いをさだめる。

「──！」

襲撃者の一人が体勢を崩して落馬する。

つづけて風音が鳴り、兜を飛ばされた襲撃者が手綱を離した。弓弦《ゆんづる》が弾け、さらに一人。

大きくのけぞって馬から落ちる。

襲撃者たちはあたりを見まわした。

こんもりと茂る野ばらの茂みは、小柄なニナをじゅうぶんに隠してくれる。けれどはみ出るように広がったドレスの裾《すそ》が、鮮やかな青色で目を引いた。

あそこだ、と叫んだ襲撃者の一人が茂みに走る。ニナはあわてて逃げようとするが、野ばらのつるに足を引っかけた。

「ニナ！」

リヒトが馬の腹を蹴った。

茂みをかきわける音と迫る気配。倒れたニナが振りむくと、いまにも剣を振りおろさんとする襲撃者――ではない。

――え？

飛びこんできた騎馬兵の外套が、蝶のように華麗に舞った。

金属音が鳴り、ニナに斬りかかろうとした襲撃者が片膝をつく。はずれた兜の下からおどろいたような顔が見えた。野盗にしては小綺麗な顔立ちを、ニナは意外そうに見あげる。つづいてあらわれた騎馬兵が、リヒトを援護するように背後についた。ニナを助けた騎馬兵も、混戦のなかに突っこんでいく。

剣戟が交わされ、襲撃者たちが次々に退けられた。流れが変わったことを悟ったのか、撤退《てったい》を合図する口笛が吹かれる。仲間を助け起こして馬に飛びのり、潮が引くように退却していった。

「副団長、危険のない程度で追って」

指示を出すのは艶《あで》やかな女性の声。

リヒトを助勢した騎馬兵は、承知しました、と馬首を返す。

ニナの危機を救った騎馬兵は剣をおさめ、軽やかに馬からおりた。外套のフードをあげると、豊かな金髪が流れる。

「あ——……」

——綺麗《きれい》です。すごい、綺麗な。

黄昏《たそがれ》の精霊のような麗容《れいよう》に、意思の強そうな深緑の瞳が輝く。生気にあふれた薔薇《ばら》色の頬《ほお》と唇。ゆったりした外套の上からでもわかる女性的な肢体《したい》の美女が、へたりこむニナに近づいた。

「小さい女の子に剣を向けるなんて、本当にありえない。もう大丈夫よ。怪我《けが》はない？どこか痛いところは？」

ニナは差しだされた手を見る。

襲撃者を退けた剣技が想像できない白い指には、リーリエ国章の指輪があった。

——この指輪って、もしかして。

予想より強い力で立ちあがらせてもらうと、下馬したリヒトが飛んできた。

「ニナ！　無事⁉」

大丈夫、ああよかった、ごめんおれ、怪我は本当に——顔をゆがめてニナの両肩をつかむ。そんなリヒトの金の髪を、女性がいきなり引っ張った。

ふり向いたリヒトの顔を平手で打つ。

「民間人をつれて戦闘なんて、なにを考えてるのよリヒト！　それにこんな子供にまで声をかけるなんて、最低だわ！　怪我でもさせたら、ご両親にどう説明するつもり？」

リヒトは頰をおさえて目をまたたく。

おどろいて息をのんだニナを見おろすと、あーと情けない声をあげた。

「誤解だってベアトリス。それにいつも町娘をお持ち帰りしているみたいな言い方は、人聞きが悪いからやめてくれる。彼女はニナ。女の子が仮入団中だって、前に手紙で伝えたでしょ？」

「ベアトリス……」

ニナはつぶやくようにその名を口にした。

〈金の百合《ゴルト・リーリエ》〉と呼ばれる美しい王女の名前がベアトリスだと、少し前に知った。ベアトリス王女がガルム国との裁定競技会の原因に関係していることも。そして国家騎士団には自分のほかにもう一人、勧誘のために各地をまわっている女性団員がいると、聞いてはいたけれど。

――まさかその女性団員こそが〈金の百合〉であるベアトリス王女で、この御方なのですか？

ベアトリスは腰に両手をやり無遠慮《ぶえんりょ》にニナを眺めた。

「だったらこの子が、例の村で勧誘した、あのロルフの妹ってこと？」

深緑色の目をみはり、信じられないというふうに首をふる。

「ロルフの面影《おもかげ》の欠片《かけら》もないじゃない！　つんとすました長身の美少女だと思ってたのに、まさかこんな頼りない女の子だったなんて！　ああでもこれから成長するのかしら？」

まだ十歳くらいでしょ、との確認に、リヒトが十七歳だよと答える。

わたしたちと五歳しかちがわないのと、ベアトリスはさらにおどろいた顔をした。

ニナは真っ赤になって下を向く。

兄と似ていないとよく言われるが、ここまで大げさに騒がれたことはない。初対面の綺麗な女性に。しかも長身の美少女などと、期待を裏切ってしまったようで、申しわけなさに肩が縮まる。

そんなニナをじっと観察し、ベアトリスは大きな溜息をついた。

艶《つや》やかに波打つ金髪をかきあげる。

「どうしよう。こんな子だったなんて予想外だったわ。いまの状態じゃ人数的に、陣所に入ってもらうことになるのに」

　リヒトはえっと声をあげた。

「てことは、じゃあ結局」

「三カ月も必死に探して空《から》ぶりよ。地方競技会で名をはせた青年子爵も、騎士団を運営している伯爵もだめだった。……〈例の野盗〉のことが、かなり大げさに伝わっているのよ。国家騎士団に入ると家族は皆殺しとか、故郷が焼き討《う》ちにあうとか。人員確保を妨害するつもりなら、残念だけど最高に効果的ね」

　ベアトリスは悔しそうに言った。

「でも野盗の件がなくても、現在の国家騎士団に入るなんて、〈馬鹿〉か〈命知らず〉だそうよ。ガルム国への二度の敗戦で負傷者続出。三度目は競技会中に死者を出した。リーリエ国の金の百合は傲慢《ごうまん》な美貌《びぼう》で猛禽の関心を誘い、哀れな騎士に危険な吊り橋を渡らせる。……否定はできないけどね」

「だからって、ベアトリスを猛禽の寝所に差しだせってこと？　団員がどんな気持ちで戦っているかも知らないで。命石一つ割ったことのない、観覧台から見学するだけの連中がえらそうに」

「リヒト……」

「嗜虐《しぎゃく》趣味のガウェインは、競技会では騎士の手足を笑って砕《くだ》き、寝所では女官を半殺しにするってさ。そんな奴の妃《きさき》なんて生贄《いけにえ》と同じだ。おれは大事なベアトリスを、猛禽の餌《えさ》にするつもりなんかないよ。リーリエ国のために競技場に覚悟をささげた歴代の騎士に、十字石に刻まれた名前に恥ずかしい真似《まね》はしたくない。いや、しない」

リヒトは声に決意をこめる。

そうだ、とようやく気づいたようにニナに視線を向けた。

なんとなく取り残されたような表情のニナに笑いかける。細い肩に手をかけると、長身を折るようにのぞきこんだ。

「ごめんね、紹介が遅れて。こちらはベアトリス。騒がしいし大声だし、そう見えないかもだけど、リーリエ国の金の百合っていわれてる――痛っ！」

ベアトリスがリヒトの頭を殴《なぐ》った。

「誰が騒がしくて大声なのよ！　それに王女に見えなくても、国家騎士団員に見えた方が嬉しいわ。春先から新団員を探しに国内をまわってて、さっき副団長と帰ってきたところ。偶然だったけど、助けられてよかったわ」

恨みがましい目をしたリヒトの鼻を、ぐいとつまみあげる。ベアトリスはそのままふり向き、よろしくね、とニナに微笑《ほほえ》んだ。

気安いやり取りをぼんやりと眺めていたニナは、あわてて頭をさげる。そしてえ、と声をあげた。薄暗いなかでの騒動で、気づかなかったけれど。

――ド、ドレスが。

転んだときに枝葉に引っかけたのだろう。レース飾りが千切《ちぎ》れて穴があいている。すそは裂け、しかも無残に泥まみれだ。

頭をさげたまま、ニナは放心したような顔をする。

副団長が戻るのを待つあいだ、一行は林に残された兜《かぶと》や盾を回収する。勧誘先での愚痴《ぐち》を面白おかしく話すベアトリスの声が、ニナの耳には遠く聞こえた。

5

「――！」

どん、という衝撃が頭部を襲った。

吹き飛ばされたニナの頭から兜が脱げる。打撃の負担を軽減するため、兜の留め具は一定以上の力が加わると、はずれるようになっている。

――ま、また打たれて。

砕けた命石《めいせき》が夏の陽を反射しながら落ちていく。

仰向《あおむ》けに倒れたニナの首に剣先をつけたトフェルは、得意げな顔をしている。口の端をにやりとあげた笑みに、ニナはツヴェルフ村での毎日を思いだした。

カミラに組み伏せられた無力な自分。どうだと見おろす嘲笑《ちょうしょう》の後ろには、綺麗《きれい》な青空が広がっていて。

「どうした小さいの。ここんとこ調子悪いじゃん。まともに命石が取れねーし、おれの悪戯《いたずら》にも反応鈍いし。模擬競技でくそつまんねえ兄貴をしとめたのは、偶然かよ？」

役立たずは皿にのせちまうぞと、トフェルは剣先でニナの頬《ほお》をつつく。

裏庭の大競技場。審判部役の副団長が角笛《つのぶえ》を吹き、団長ゼンメルがニナの退場を告げた。オドと交戦していたリヒトが走ってくる。

「ニナ、大丈夫！　どっか痛めてない？　ああもうトフェルの剣筋は、本人と同じで適当だし無軌道なのに！」

トフェルを盾で突き飛ばすと、無軌道はおまえだろ、との抗議を無視してニナを引きおこす。怪我がないかを確認し、ほっと安堵《あんど》の吐息をもらした。

兜でおおわれた頭部も籠手《こて》をはめた腕も。全身から汗を滴《したた》らせているリヒトの姿に、ニナは息をきらせて謝った。

「ご、ごめんなさい。また、失敗してしまって。リヒトさん、二人を相手に、ずっと防いでくださったのに」

「ニナは悪くないよ。トフェルを逃がしたおれの責任。それより甲冑《かっちゅう》、肩当ては取った方がいいかな。腰の草ずりも何枚か抜こうか。本番はサーコートも着るし、少しでも動きやすくしないと」

リヒトはニナの前に屈みこむ。

新調したての甲冑ごとニナの身体《からだ》を動かした。可動域を試して、うーんと難しい顔で腕を組む。

硬化銀の薄板を関節にそって接合した競技会用甲冑は、動きやすさを考慮《こうりょ》して部分的に抜く場合がある。装甲を減らせば機動力は増すが、守りが薄くなるので、調整は個人の裁量だ。

真剣な表情のリヒトを前に、ニナはいたたまれない気持ちで下を向いた。

ガルム国との裁定競技会まで半月を切った七月下旬。ニナの甲冑が完成したのを機に、全団員で模擬競技がおこなわれるようになって一週間が経過した。

そしてニナは仮入団して以来はじめての不調状態にある。

盾であるリヒトが完璧《かんぺき》に相手を足止めしても、ニナの弓がなぜか決まらない。矢筋は不安定で、空を射ぬき兜に弾かれ、競技場に落矢の山をこしらえる。リヒトとの足並みがそろわず、もたもたしている間に相手の騎士に捕まってしまう。

リヒトはそれを甲冑のせいだと考え、調整に試行錯誤《しこうさくご》をかさねている。鉄より軽くても硬化銀の甲冑は、筋力のないニナにはたしかに負担だ。だからリヒトの推測もまちがっているわけではないと、思うけれど。

「ねえ、甲冑より暑さじゃない。すごい汗だし呼吸も辛《つら》そうで、顔色も悪いわ。連日の模擬競技の疲れもあるし、きっと夏バテよ！」

王女ベアトリスが甲冑の重さを感じさせない、軽やかな足取りで近づいてきた。

ベアトリスは自分の胸ほどの位置にあるニナの顔を、大丈夫、とのぞきこむ。艶《つや》やかな金の髪から、甘い花香がふわりと舞った。

訓練中とは思えない涼しい表情と、優美な香り。ぼうっと見惚《みほ》れたニナは、次に自分が情けなくなる。

このところ重いお腹が、期待通りにできないこと、ますます苦しくなった気がした。みぞおちに手を触れ、ニナはすみません、次はもっとがんばります、と小声で言う。

ベアトリスは幼子をさとすように微笑んだ。

「無理しちゃだめよ。ニナは背が低いから、地面の熱を受けやすいわ。手足なんか折れそうに細いし、力もないし、団舎の林道も砂時計一反転が限界でしょ？」

「ご、ごめんなさい」

「謝らないで。ただ心配なのよ。こんなに小さくて可愛《かわい》い身体つきなんだから、自覚して対応しないと。甲冑のまま水浴びして飲んで寝て、次の日に平然と競技会に出るような連中とは、身体能力が根本的にちがうのよ」

頭の後ろで腕を組んだトフェルが、意味ありげに笑った。

「だったら同じことしてけろっとしてる王女殿下は、おれたち〈きたない〉の立派な仲間――ぐふっ！」

剣の柄を腹に入れられ、〈きつい〉と〈きけん〉も追加だし、とうめいたトフェルを、オドが呆《あき》れた目で見る。

リヒトは前に無理をさせた苦い記憶があるのだろう。落矢を集めがてら、ゼンメルに休息の許可をもらってくる。

ニナの肩を抱いて東屋《あずまや》へつれて行こうとしたリヒトの頭が、しかし唐突《とうとつ》に横を向いた。兜の飾り布をつかみ、ベアトリスは眉《まゆ》をよせてリヒトを睨《にら》む。

「油断も隙《すき》もないわね。〈そういうの〉は禁止って言ったでしょ！」

「べつにおれは……痛てて」

「わたしの留守中は好き勝手にやってたみたいだけど、そうはいきませんからね。次はわたしの補佐をして。副団長と一対一はしていたけど、連携の感覚がなまってるのよ。競技会までにきっちり仕上げないと」

顎《あご》の留め具がはずれそうなほど引っ張られ、リヒトはわかったよ、と降参する。

ベアトリスはニナに微笑みかけた。

ゆっくり休むのよ、と告げ、リヒトを引きずるように歩きだした。

ニナは井戸で水分をとると、東屋の日陰に腰をおろす。

模擬競技は五対五でおこなわれ、ゼンメルと副団長が騎士を入れかえては、動きの相性や組みあわせを試している。

副団長クリストフは穏やかそうな顔立ちの男性だ。もとは司祭で教養が高く、団舎の手続き関係や会計処理、王城との折衝《せっしょう》などを担当しているらしい。騎士としては平均的な腕前ながら、団長の意をよくくみ取り、現場の指揮を受けもっているそうだ。

膝をかかえて模擬競技を眺め、ニナの視線はリヒトとベアトリスに向いている。

ニナ自身に自覚はないが、その目は遠くまでよく見えた。動くものを見失うこともなく、躍動する彼らの表情ひとつ、視線の動きまで確認できる。

リヒトの援護でトフェルの命石を割ったベアトリスは、笑顔を弾けさせてその背をたたいた。痛そうに顔をしかめたリヒトだが、振りむいた表情は優しい。

華やかなふたりが並ぶ姿は、それだけで絵になった。つたない知識ながら、恋人同士は雰囲気《ふんいき》が似てくると聞いたことがある。年齢も金髪も同じ。目も明るさがちがうだけの緑色だ。

直接たずねたわけではない。けれどそういうことなのかなと、ニナは睦《むつ》まじい姿を見るたびに思う。

――おふたりは、恋人のような関係なのでしょうか。だとしたら本当にお似合いです。リヒトさんはもちろん、王女殿下は夢のように素敵な方ですし。

ニナは憧憬《しょうけい》にため息をつく。

〈金の百合〉の呼称にふさわしい美貌《びぼう》と、女性的な魅力にあふれた肢体《したい》。どんな豪華なドレスでも完璧に着こなす麗容に、硬化銀の甲冑を戦女神《いくさめがみ》のようにまとい、長大な大剣を羽根扇のように振りまわす。

颯爽《さっそう》とした剣技は男性騎士団員のなかにあって見劣りしない。炎天下で汗みどろになり訓練に励《はげ》む団員たちの姿は、戦女神の忠実な従者のようにも見えた。

──それにしても、あらためて考えてもすごいです。リーリエ国の王女殿下ご自身が、国家騎士団員だったなんて。

国家騎士団は守秘義務が基本だが、団員の身分、また国より対応に差がある。

身内の安全を心配する庶民《しょみん》は隠すのが大半だ。王族の場合は威光を示すために公表する国もあり、ニナも国王自らが団長となっている南方地域の国など、風の噂《うわさ》としてなら耳にしたことがあった。だからガルム国の〈赤い猛禽《プルート・フォゲル》〉が王子だと教えられたときは、恐ろしい異名だとは思ったが、そのこと自体におどろきはなかった。

ニナの知るかぎり、王女が国家騎士団員というのは聞いたことがない。戦闘競技会に性別による制限はないが、体格と力の優劣はどうしてもある。村民の十人に一人が騎士団に勧誘されるツヴェルフ村であっても、女性は男性にくらべて半分もいない。

そんななかでナルバッハ街の騎士団に勧誘されたカミラは、ニナにとって身近で、もっとも優秀な女性騎士だった。怒られたり笑われることも多かったけれど、ニナはカミラを同年代として尊敬していた。

けれどベアトリスは騎士として、圧倒的にカミラより強い。外見も身分も、あらゆる意味で完璧で、近よると眩《まぶ》しすぎて怖くなる。自分の至らなさを痛感したり、身体がすくんでしまうこともある。

ニナはぼんやりと模擬競技を見学する。

顔をよせて笑いあうリヒトとベアトリスに目を細めたとき、ニナの視界にすっと影が入った。

「に、兄さま」

ニナは急いで立ちあがり、束ねた黒髪がはねるほど頭をさげる。

交代の間の小休止なのだろう。東屋にやって来たロルフは、剣と盾を格子垣《こうしがき》に立てかけた。兜《かぶと》をはずすと艶めく黒髪が流れ、顔の半面に刻まれた獣傷があらわになる。

何度見ても痛々しい傷だ。妹の視線に気づいたのか、ロルフは顔をそむけて汗拭き布を手にした。

しん――と静まりかえる東屋に、ロルフの荒い呼吸と競技場の団員たちの声が、妙に大きく聞こえる。

ニナの視線が井戸の上の木杯にそそがれた。どうしようか考えている間に、ロルフはさっさと果実水の壺《つぼ》を井戸から取りだす。

木杯を手に横を通りすぎたロルフを、ニナは情けない顔で見おくった。

——どうしてわたしは。

競技場の中だけでなく外でも思うようにできないのかと、悲しくなった。

野盗《やとう》に襲われたときだってそうだ。リヒトを助けようとしたのに、ほとんど役に立てないまま見つかってしまった。ベアトリス王女がいなかったら、どうなっていたかわからない。危険だから隠れていろと言われたのによけいなことをして、せっかくのドレスを駄目にした。リヒトが選んで買ってくれた、一生の宝物にしてもいいと思うくらい素敵なドレスを。

ニナは衣装箱のなかにしまった青いドレスを思いだす。

考えていると涙が出そうな気がして、中年組に荒らされた東屋を片づけはじめた。命石が砕《くだ》かれた兜と予備の兜を分けて並べなおす。汚れた汗拭き布は井戸で洗って干しておく。訓練の合間に食べる柑橘類《かんきつるい》の皮を拾い集めて布袋に入れ、井戸に冷やしてある果実水の残りを確認する。すぐに飲めるよう、木杯の位置もととのえておく。

動いていると気がまぎれた。それに少しでも役に立てると思うと、それだけで救われた気持ちになる。

三重苦の〈きたない〉そのものだった東屋に、清涼な風が流れた。木杯をかたむける兄の黒髪が、心地よさそうに揺れた気がする。ニナがほっと息を吐いたとき、団舎の鐘が昼を告げた。

ニナは無意識にお腹をおさえている。

ベアトリスが帰還してから〈重くなった〉、食事の時間だ。

自分など忘れてもらえないかと思ったニナの耳に、リヒトの声が聞こえてくる。お昼だよ、と手招きする笑顔の隣では、ベアトリスが兜を脱ぎ、金の髪をなでつけている。

とぼとぼと東屋を離れた小さい背を、長椅子《ながいす》に座るロルフはじっと見つめた。

とっくに空《から》になっていた果実水《かじつすい》の木杯をおくと、不機嫌そうな顔で団舎へと向かった。

「だから結局、その青年子爵は口先だけだったのよ！　実際に勧誘したら領地経営がどうの——ちょっとリヒト、揚げ豚の独り占めは止めてくれる？　トフェルは玉ねぎをオドのお皿に入れないで！　オドも苦笑してないで注意しないと。ていうかわたし、あなたの声を最後に聞いたの、一年くらい前の気がするわ！」

朗《ほが》らかな声が食堂にひびきわたる。

昼の鐘を合図に午前の模擬競技を切りあげた騎士団は、そのまま全員で昼食となった。激しい訓練後の飲食は慣れぬものには苦行《くぎょう》だろうが、国家騎士団として技量を磨《みが》く団員には、身体を動かす燃料の欠かせない摂取《せっしゅ》時間であるらしい。

団舎の料理婦ハンナがつくるのは、量と栄養価を重視した献立《こんだて》だ。

肉汁たっぷりの巨大ソーセージ、シトロンを添えた揚げ豚、レンズ豆と肉団子のスープ、香ばしく焼かれたローストポークが、砂時計を一反転する間もなく団員の胃に収められていく。

飢えた山賊《さんぞく》の宴会のような光景の、先頭を走るのは意外にもベアトリスだった。魅惑的な肢体のどこに消えるのか、中年組があわてて料理を確保するほど、空いた皿の山を次々にこしらえていく。

「まったくよくお食べになること！　殿下が団舎に帰ると、食材の仕入れが増えて大変さ。身元がどうの安全性がどうの、いくらせっついても副団長は新人を雇ってくれないんだから！」

揚げ豚のおかわりを運んできたハンナは、湯気を放つ大皿をでんと勢いよく長机においた。団旗の前の長机で食事中の団長と副団長が、苦笑して顔を見あわせる。

ああ忙しい、と肉厚の腰をふりながら調理場に戻るハンナだが、ぶつぶつこぼす表情は上機嫌だ。

王女として美食に慣れているベアトリスだが、王城の料理よりハンナの家庭料理が好きだと公言してはばからない。勧誘のために団舎を離れた際には、ハンナ手製の酢漬け野菜を用意してもらうほどだ。

また泥まみれの甲冑姿で食堂に入る中年組も、ベアトリスの小言には敵《かな》わない。ヴェルナーが面倒そうに言いわけをするものの、大声でまくしたてられれば耳をふさいで引きさがる。井戸に整列して渋々と手足を洗い、ほかの団員たちと同じように、鎖帷子《くさりかたびら》姿で長机に座るのだ。

「もう、ニナはまた果物ばかり！　ハンナは団舎歴が団長についで長い料理婦で、味はもちろん、騎士の成長を考えた献立なのよ。身体づくりも団員の役目のひとつだわ。これも訓練だと思って、好き嫌いなく食べなきゃだめよ！」

ベアトリスは揚げ豚の塊《かたまり》を、ニナの取り皿にのせた。

スグリの実を一粒ずつ口に運んでいたニナは、う、と肩を縮める。食堂の奥まった長机。正面に座るベアトリスを、困惑した顔で見あげた。

「ねえ、ニナにはニナの許容量があるんだから、そんな無理させなくても」

控え目に制止の声をあげた隣のリヒトを、ベアトリスはきつい表情で見返す。

「裁定競技会まで半月もないのに、そんなのんきなことでどうするのよ。こんなに小さくて細いなんて心配じゃない。あなたは必要以上に手を出すし、無駄に甘やかしてないで、もう少しちゃんとニナの――」

「あ、あの、いただきます。わたし、食べますから」

ニナは急いでフォークを手にした。

自分のことでリヒトが責められるのも、ふたりが揉《も》めるのも嫌だ。ベアトリスの言葉は正しいし、それに自分を気づかってのことなのだ。

ベアトリスは団舎に戻った翌日には、ニナの食事に目を配るようになった。新団員の勧誘に失敗し、ニナを出場者にせざるを得ないことで、少しでも危険を減らす責任があると考えたらしい。衝突すれば簡単に折れるだろう華奢《きやしや》な身体を改善したいと、食事のたびにもっと食べろと、手ずから取りわけてまで世話をやく。

一国の王女と村娘という身分を考えれば、ありえないことだ。恐れ多くて申しわけなくて、それだけでお腹がいっぱいだが、王女の善意は断れない。

しかし小食な身体にはかなりの負担だった。いつもお腹が重苦しく、夜は胸やけで眠れない。訓練後などは水分と、酸味のある果物がやっとなのだけれど。

――どうしましょう。脂《あぶら》の匂《にお》いだけで吐きそうです。

自分の顔より大きな肉の塊を前に、ニナはフォークをにぎる指に力をこめる。

左隣のオドをそっと見あげた。オドは嫌いな野菜を押しつけるトフェルへ返却するのに忙しいようだ。その取り皿にこっそり移動してしまおうかと考えたが、すぐに駄目だと首をふる。

現在の不調の原因に夏バテがあるのなら、暑さに負けない身体をつくるのは最低限の義務だ。覚悟を決めて取り皿に視線を戻したニナは、え、と思わず声をあげる。

――ない？

丸皿に横たわっていた揚げ豚が消えていた。かわりに右隣のロルフが、どこかで見たような揚げ豚を食べている。

見まちがいか、悪戯妖精《ニュンフェ》の魔法か。

ニナが対応に迷っていると、ベアトリスがあら、と喜色に溢《あふ》れた声をあげた。

「すごいじゃないニナ！　ぜんぶ食べられたじゃない！」

ほらごらんなさい、やればできるのよ、とリヒトの肩をたたいた。大皿から特大のローストポークを選びだすと、ニナの丸皿にふたたびのせた。

「さ、もう少しがんばりましょう。訓練のあとにはお肉よ！　小柄なのは仕方なくても、筋肉はつけられるわ。競技会で怪我《けが》をしないように、もりもり食べて、硬化銀みたいな身体にしないとね！」

ニナは青ざめた顔で取り皿を見おろした。

こんがりと焼かれた表面に脂がしたたる切断面。匂いをかぐなり血の気が引いて、口元をおおう。

異変に気づいたリヒトが立ちあがった。

ニナはこみあげるものを必死でおさえる。お腹が痛くて胸が苦しい。冷や汗が出て寒気がする。どうしようこんなところで――

視界が暗くなったニナが身体を折ったとき、のびてきた腕がその背を支える。身をかがめたロルフの黒髪が、苦悶《くもん》にゆがむニナの頬にかかった。

「ニナ！　ちょっとなにその顔色は！　大丈夫？　いったいどうしたって」

「無駄な大声を出すな。食事中に、まったく騒々しい」

あわてて駆けよったリヒトを制するように、ロルフが告げる。兄さま、と見あげてくるニナに、首をふった。

「しゃべるな。じっとしていろ。妹は…………ただの〈風邪《かぜ》〉だ。騒ぐほどのことではない」

「風邪って、な、夏なのに？」

「病に夏も冬もないだろう。風邪をひかない気の毒な体質のおまえには、理解できないだろうがな」

だったらおれがと腕を出したリヒトに先んじて、ロルフはニナを横抱きにした。

中央の長机に向かい、午後の訓練は休ませます、とゼンメルに伝える。食事が終わったら部屋に来てもらえるよう、クリストフに頼んだ。多才な副団長は医術の心得もあり、裏庭の一角には薬草園もそなえている。

そのまま食堂を出ようとした後ろ姿に、トフェルが首をかしげた。

「おまえらって仲悪いんじゃなかったの？　〈取りかえっ子説〉と〈不貞《ふてい》説〉は？　てかやっぱ隠し子だ！　十七歳ってのも嘘で、本当は見た目通りの十歳なんだろ！　でもって女に逃げられて仕方なく団舎に――」

ロルフはぴたりと足を止める。

肩越しに振りかえると、冷ややかな表情で眼光を鋭くする。

「馬鹿なおまえにくり返すのも無意味だが、ニナはまちがいなくおれの妹だ。初めて歩いた日も、最初に口にした言葉も知っている。年より幼く見えることは否定しない。そしておれたちの仲がどうであれ、他人以下の迷惑な悪戯妖精には一切、関係ない」

ロルフはニナを抱いて扉の向こうに消えていく。

あとにはまぬけな大口をあけたトフェルと、顔を見あわせた団員たちが残された。

◇◇◇

「疲労は慣れたころに出ますからね。暑さもあるし、なにより気疲れでしょう。あとで薬湯を届けます。食べられるようなら負担のない食事も。胃腸の方は……いえ〈風邪〉は、二、三日もすれば落ちつくかと」

ロルフはクリストフに頭をさげる。

西塔三階のニナの部屋。扉の前に立つクリストフは、声をひそめるように言った。

「無理に食べさせたせいで胃を悪くしたと聞けば、王女殿下もご自分を責めるでしょう。

見えた。

「正義感が空回《からまわ》りする方です。うまく運びますので、ご心配なく」

如才《じょさい》ない気づかいを見せ、微笑《ほほえ》んで部屋を出ていく。

残されたロルフは寝台に戻った。カーテンをあけると、こんもりと盛りあがった布団が

ニナは兄の気配を感じて身を固くする。副団長の診察のあと、頭の先まで寝台にもぐりこんだ。いまさらだが、隠れるしかない。

食堂からニナを運びだしたロルフは浴室へ向かった。調理の熱を利用して温められる浴室は、東塔に近い居館の奥にある。

ニナの背中をたたいて吐かせ、処理をして汚れをぬぐう。淡々と無言で。ぐったりするニナをかかえて西塔の部屋にあがり、鎖帷子を脱がせて寝台に休ませた。

水の桶《おけ》を用意したところで、副団長が姿を見せた。診察の結果は消化不良が引きおこした腹痛とのこと。遠慮《えんりょ》せずに相談してくださいと言われ、申しわけなさで肩を小さくするしかなかった。

――どうしましょう。どんな顔をして兄さまに。

しばらくすると、扉をたたく音がする。

ロルフ、いるんでしょ、というリヒトの声が。

ニナは身をはねさせる。いまはとても、誰かに会える状態ではない。

盛りあがった布団が、隠れているニナの心を表すように丸まった。無言でそれを眺め、ロルフは寝台を離れる。

扉が開く音と閉まる音。

ぼそぼそと話し声のようなものが長く聞こえた。

やがて近づいてくる靴音《くつおと》が一人ぶんなことに気づき、ニナはおそるおそる布団から顔をだす。

リヒト——ではない。ロルフが木盆を手に立っていた。

「リヒトが副団長の薬湯を届けにきた。ハンナ婦人がつくった麦粥《むぎがゆ》もある。見舞いがどうのと騒いでいたが、よく眠っていると伝えたら引きさがった。騒音とかわらぬ戯言《ざれごと》を聞かされては、回復への妨げになる」

面白くなさそうに言い、枕元の小卓に木盆をおく。木盆には湯気を放つ木杯と、素朴《そぼく》な匂いの麦粥がのせられている。

ニナは面食らったように兄を見あげた。自分の気持ちを察して、配慮《はいりょ》してくれたのだろうか。

「会えないのならばと、伝言をあずかった」

「え?」

「体調が悪いときに無理をさせたと、謝っていた。ベアトリスはよかれと思って、よけいなお節介《せっかい》をやくことが多いと」

「王女という身分に委縮しているおまえが、断れるはずがなかったろうと。本人には厳しく注意したので、許して欲しい。心根は純粋な王女なので嫌わないでやって欲しい。伝言は…………以上だ」

ニナは涙をこらえるように唇を結ぶ。

リヒトが謝ることでも、ベアトリスが悪いわけでもない。皆と同じように食べられない自分の身体《からだ》が、ただ情けないだけなのに。

ともかく飲めと、ロルフは薬湯を差しだした。

うつむいて受け取ったニナをしばらく眺め、短い息を吐く。

「リヒトの言うとおりだ。今回の責任の大半は、ベアトリスにある」

「兄さま……」

「ベアトリスは他人の話をきかず、強引にことを運ぶきらいがある。悪気がないぶん、リヒトの軽口とちがった意味で厄介だ。したがっておまえが気に病む必要はない。おまえに責任があるとすれば、早い段階で無理なことは無理だと言うべきだった。それだけだ」

ニナは意外そうな表情をする。

子供じみた理由で動けなくなったのに、兄は〈風邪〉だと嘘までついてくれた。見苦しい姿をさらして迷惑をかけたのに、いまも付き添ってくれている。

おずおずと薬湯をかたむけ、ニナは手の届く位置にいるロルフをそっと見あげた。

兄は寝台の支柱によりかかるように腕を組んでいる。

鎖帷子姿のロルフは、主人の寝所を守る忠実な騎士のようだ。その眠りを何人にも妨げさせないと、泰然と控えて見張りの目を光らせる。

けれどロルフはニナの視線に気づくなり、眉《まゆ》をよせた。顔をそむけ、つぶれた左目を隠すように姿勢を変えた。

ニナの心が一瞬で現実にかえる。

兄が長い髪で顔を隠すのはなんのためか、誰の行動がもたらした結果なのか。いまさらながら自覚して下を向く。

ロルフは暖炉の上に飾られた風景画に目をやった。

火の島《イグニス・インスラ》を描いた大きな絵には、東西南北の場所に四人の女神が描かれている。古代帝国の開祖とともに荒ぶる炎竜《リントヴルム》を鎮《しず》めたとされる〈四女神《デア・ファトス》〉は、いまは平和と均衡を願いその手をたずさえる。国家連合章となり、火の島を戦乱から守っている。

戦闘競技会を象徴する四女神を眺め、ロルフは切りだした。

「結局おまえはどうするのだ。本当にこのままでいいのか？」

「このままで……って」

「おまえは国家騎士団員として、ガルム国との裁定競技会に出るつもりなのかと、聞いている」

　戸惑い顔をする妹に、ロルフは静かな視線を向けた。

「たしかに弓の腕前は戯言と一蹴《いっしゅう》できぬものだ。リヒトとの連携についても、現在の戦闘競技会の常識をくつがえす方法だといえる。槍を使う東方地域の騎士団と戦ったことはあるが、やはりほとんどは大剣だ。短弓《たんきゅう》を近距離で、しかも攻撃手段として使うなど、打たれるまで想像さえしなかった」

「兄さま……」

「だが日々の訓練と、国の命運のかかる競技会では騎士の戦いもおのずと変わる。おれはだからそのために、おまえはザルブル城に行くべきだと考えた」

　ロルフは厳しい声でつづける。

「戦闘競技会の生死は命石《めいせき》で判定される。兜《かぶと》の上にある命石を狙うため、武器は長大化したが、頭上の的《まと》を砕《くだ》くことは容易ではない。結果として相手を攻撃し、身動きをとれなくしたうえで命石を奪う方法が主流となっている」

「身動きをとれなくして、というと」

「負傷が前提ということだ。そんな戦闘競技会において、ガウェインのような猛禽は最大に威力を発揮する。岩石を握りつぶす剛力に無尽蔵《むじんぞう》の持久力をそなえた、異相の化物。全身を硬化銀の防具で守ったといえ、衝撃を完全には防げない。そのような危険な場に飛びこむ理由が、おまえにはあるのか？　あらためて考えてみろ。あのガウェインと競技場で対峙《たいじ》して、おまえは戦える自信があるのか」

「自信……」

「当日の戦術を決めるのは団長で、いまの段階では断定できない。だがリヒトは、おまえの弓ならガウェインの命石を射ぬけると考えている。そのために、おまえを国家騎士団へと勧誘したのだ」

ニナはおどろいたように息をのむ。

ザルブル城でのことを思いだした。同じ人間というより化物《モンストルム》に近い、ガルム国の巨大な騎士。ニナはただ唖然《あぜん》として〈赤い猛禽〉が騎士を倒すところを見ていた。

虐殺《ぎやくさつ》とかわらない競技会運びは、観客席からでも戦慄が走るほどだった。兜で顔のほとんどは隠されていたが、鷲《わし》に似た鼻と三日月のように笑った口元はよく見えた。軍衣と同じ赤い髪が、血をあびて鮮やかな朱色に染まるさまも。

――あの騎士の命石を、弓で射ぬく。

ニナの手から薬湯の木杯が力なく落ちる。

寝台から転がった木杯を、ロルフは拾いあげた。小さく喉《のど》をならした妹に気づくと、目を細める。ニナはひどく真剣な表情で、両手をきつくにぎっている。

「剣筋が騎士の心の鏡なら、弓はおまえの気持ちをあらわしている。慣れぬ甲冑《かっちゅう》に暑さ、胃腸の不調に精神的な揺らぎ。原因がなんであれ、覚悟があれば迷いは生まれない。そのように怯《おび》えることもない。曖昧《あいまい》な気持ちで流されているものに競技場に立つ資格はない。おれはそう考える」

ロルフは木杯を木盆においた。

そのまま歩きだした長身が部屋から出る直前、ニナは我にかえったように、寝台から身をのりだした。

「あの、ありがとうございました。部屋まで運んでくれたことも、看病してくれたことも。あと食堂で、食べきれないぶんを」

ロルフは足を止めて振りかえる。

「おれがおまえを運んだのは、おまえのことを実年齢で見ている不埒《ふらち》なものにゆだねては、団舎の風紀が乱れると考えたからだ。おまえの取り皿の料理を食べたのは、ただの〈うっかり〉だ。どちらも、礼を言われる類《たぐい》のことではない」

「実年齢で見ている不埒なもの？　うっかり？」

ニナは首をかしげた。

容赦《ようしゃ》なく笑わせたりお菓子をにぎらせたり、団員たちは普通にニナを幼い少女として扱っている。リヒトにはよほど頼りなく見えるのか、手を引いたり身体を支えてくれたり、ベアトリスが注意するほど気を配ってくれる。また万事に冷静な兄と〈うっかり〉は、もっとも遠い場所に位置する気もする。

「おまえに自覚がないから奴があああも……いや、なんでもない」

怪訝《けげん》な顔をする妹に背を向け、ロルフは今度こそ部屋を出ていった。

◇◇◇

残されたニナはぼんやりと寝台に横たわった。

多くのことがあり過ぎて、頭がうまく働かない。うつらうつらしているうちに眠りに落ち、ふと目が醒《さ》めると周囲は薄暗くなっていた。窓を見ると、いつのまにか夜になっている。

胸の重苦しさは落ちついている。ニナは木卓に置かれたままの麦粥を食べ、食器を返しがてら、ハンナに麦粥のお礼を言いにいくことにした。

部屋から出ると、老僕たちがつけた壁灯がぼうと廊下《ろうか》を照らしていた。風が強く、硝子《ガラス》窓《まど》がきしむようにふるえている。

薄暗い螺旋《らせん》階段を見たニナは一瞬、怯《ひる》んだように足を止めたが、悲鳴のような風音に首をすくめて歩きだした。

居館の一階の食堂。夕食の終わった長机には空《から》のお皿が、白い林のように積みかさねられている。片づけをしている料理婦ハンナに麦粥の礼をのべると、元気じゃないと使えないからね、と返された。

そういえばハンナはここ最近、ニナに用事を言いつけていない。食事にはたいていベリー類など、喉を通りやすい果物が用意されている。

ハンナは団舎歴が団長についで長いとベアトリスから聞いた。おそらくは何百人もの団員の食事をつくり、騎士としての身体を内側から支えてきたハンナは、体調のささいな変化にも気づくのだろう。

素直に尊敬したニナに、ハンナは前掛けとカーチフを放ってよこした。結局ニナは裏庭の井戸で、新手の訓練かと思うほどに重い大鍋《おおなべ》を洗う羽目になった。

手伝いを終えたニナは自室へと戻る。思いのほか時間をとられ、もう少しで消灯の鐘が鳴りそうな頃合いだ。

西塔の螺旋階段にさしかかったところで、窓の外に灯を見つけた。目を凝《こ》らすと、外套《がいとう》姿のリヒトとベアトリスが確認できる。

ニナは迷惑をかけたことを謝るなら早めの方がいいと、勝手口から前庭へと向かった。

夜に沈む団舎の庭園。月光と灯をたよりに煉瓦《れんが》の道をすすむと、ふたりは十字石《じゅうじせき》の前にいるようだった。あの、と声をかけようとして、ニナはあわてて口元をおさえる。

十字石の前に立っている――抱きあっているリヒトとベアトリスの姿に、近くの植え込みの裏に急いで隠れる。

足元におかれた手提灯《てぢょうちん》が、十字石に供えられた雛菊《ひなぎく》を照らしている。月光はリヒトの肩に顔をうめたベアトリスの金の髪を、真珠《しんじゅ》色の輝きで彩っている。

ぼそぼそと声が聞こえるが、風が強くて内容まではわからない。十字石に刻まれた仲間を悼《いた》んでいるのか、競技会前の不安を慰めているのか。やがて顔をあげたベアトリスの頰《ほお》に、リヒトが優しく唇をよせた。

声をかけることも動くこともできず、ニナはふたりを眺める。

夜の庭園が奏でた幻のように、うっとりするほど美しい抱擁《ほうよう》を見ていると、かんちがいとはいえ一瞬でも、リヒトの言葉に自分への好意を想像したことが恥ずかしくなる。

初めての王都で舞いあがっていたとはいえ、こんなにもお似合いな恋人たちがいるのに、本当に馬鹿なことを考えてしまった。

親切で優しくて素敵な、そんなリヒトの隣には、ベアトリスのような女性がふさわしい。ベアトリスは容姿も強さも高貴な身分も、自分にないものをすべて持っている。金糸のような髪が溶けあうように身をかさねるふたり。自分ならどれだけ背伸びしても、リヒトのお腹に顔を埋めるのがせいぜいだ。

――なんでしょう、胸の奥が。

眩《まぶ》しそうに目を細めたニナの胸が、ほんの少し痛んだ。

恋人の逢瀬《おうせ》など見たことがないし、おどろいたせいだろうか。喉がつまったような気もする。薬湯のおかげで楽になったと思ったけれど、まだ起きあがるのは無理だったろうか。

ぼんやりと考えているうちに、ふたりが移動をはじめた。

ニナはその場から離れる。そんなつもりはなかったけれど、盗み見してしまったことは事実だ。知られたら恥ずかしくて心臓が止まる。それに理由はわからないけれど、いまのふたりに会ったら、胸の痛みがもっと酷《ひど》くなるような気がする。

ニナは西塔と小塔をつなぐ回廊《かいろう》へ向かった。

アーチ型回廊の円柱に身を隠し、目についた武具庫の扉をあけて入る。身をかがめ、ふたりの足音が消えるのをじっと待った。

やがて顔をあげると、目の前には老人の亡霊が立っていた。

「！」

ニナはひ、と腰を抜かしそうになる。

老人の亡霊――もとい団長ゼンメルは、灯を掲《かか》げてニナの全身をうつした。

「十字石に眠る仲間たちが迎えにきたのかと思ったが、ロルフの妹か。消灯の鐘も近いこんな時間に散歩かね？」

ニナはあわてて首をふる。

ふってから、思い直したようにこくこくとうなずいた。リヒトとベアトリスを盗み見して、逃げてきたとは言えない。

ゼンメルは検分するように目を細めた。

ニナはにわかに緊張する。

長身の老軀《ろうく》に鼻には丸眼鏡《まるめがね》。ゼンメルは国家騎士団長というより学者といわれた方がうなずける、知的な印象の老人だ。飄々《ひょうひょう》とした物腰ながら眼光は鋭く、対峙すると背筋が伸びてしまう。

立ちあがって姿勢を正したニナに、ゼンメルは告げた。

「散歩でも隠れ鬼でもちょうどいい。リヒトに頼まれて、おまえの甲冑を調整していたところだよ。さくっと抜いてすとんと動けるようにしろなどと、難解な説明に手間取らされたが、本人に合わせればまちがいない。来なさい」

くるりと背を向けて歩きだす。

状況が読めないまま、ニナはおずおずとあとを追った。

武具庫に来るのは初めて団舎に来たとき以来だ。無数の装備品が保管される小塔の一階は、長棚が間仕切りのように並んでいる。

時が止まったような空気にただよう、金属と樹脂油の匂《にお》い。暗闇にたたずむ等身大の甲冑にぎょっとしながら、誘蛾灯《ゆうがとう》のような光に導かれていく。

中央の作業台に到着したニナは少しおどろいた顔をした。

前に来たときは気づかなかったが、整然とした長棚に比べ、作業台の付近はかなり散らかっている。金属板や金槌《かなづち》などの工具類が広げられた作業台には、人体図が描かれた紙が無数にかさねられ、そのなかで硬化銀の甲冑が鈍く輝いている。

「午後の訓練が休みとなったので、昼間からとりかかった。夜間の作業では細い鋲《びょう》が見えづらくてな。身体《からだ》は動いても、この目ではもう命石が狙えない。年は取りたくないものだよ」

ゼンメルは手提灯を作業台におく。

ほかの騎士団員のものに比べれば半分ほどの大きさの甲冑を、指で示しながら説明をはじめた。

「甲冑の防御性能をさげずに可動域を広げることは、戦闘競技会の課題だ。硬化銀の鎧《よろい》は一枚板ではなく、蝶番《ちょうつがい》や鋲、革製ベルトで連結されている。連結部の角度一つで武器の射程に影響するのだが、過度の調整は均衡性をそこなう恐れもある。今回はまず右の肩当てを――」

ニナは目をまたたいた。

ゼンメルは武器屋の出身だと聞いていたが、内容の半分も理解できない。

そんなニナに気づき、ゼンメルはすまん、と笑った。

「年寄りは理屈っぽくなっていかんの。簡単に言えば、矢羽根を抜きやすくして、足の負担を減らすために軽くした、ということだよ。鎧下のままならば、実際に具合を見てみよう」

鎧下とは鎖帷子《くさりかたびら》や甲冑の下に着る厚手の服だ。胸や腕に革製のベルトがついていて、防具と連結して固定する。

ゼンメルは慣れた手つきでニナに甲冑をまとわせる。動きを確認してから、よさそうだな、と表情をほころばせた。

「そうそう。おまえのサーコートも仕立てあがっている。発注記録を調べたが、この寸法は初めてでな。既成の型ではあわず、時間がかかってしまった」

ゼンメルは長棚にたたまれている紺《こん》色のサーコートを手にとった。広げると、白百合《しらゆり》とオリーブの葉を描いた団章があらわれる。

あててみるかね、と渡されたサーコートを、ニナは厳粛《げんしゅく》な気持ちで受けとった。

裁定競技会で陣所の前に毅然《きぜん》と掲げられる、国家騎士団の団章。

まさか自分がこれを着る日がくるなど考えたことがなかった。胸が沸き立つような感覚と同時に、兄の言葉が頭をかすめる。

——そんな危険な場に飛びこむ理由がおまえにはあるのか。

――あらためて考えてみろ。あのガウェインと競技場で対峙して、戦える自信があるのか？

サーコートを持つニナの指に力が入る。

本番と同じ甲冑と軍衣。そうしてやっと、己の状況を理解したというように。

――わたしはこれを着て、あの恐ろしい騎士と。

そんなことが本当に可能なのだろうか。だって自分はここ最近、模擬競技で結果を出せずにいる。もしそれが不調ではなく、実力だったら。兄の命石を奪えたことが、偶然だとしたら。国の威信をかける裁定競技会で、どれほど迷惑をかけることになるのだろう。自分に攻撃を託したリヒトは、どうなってしまうのだろう。

無言でうつむいたニナを、ゼンメルは静かな目で見おろした。

思案するように顎髭《あごひげ》をすき、ふっと短い息を吐く。

「退団の申し出をするなら、手続きは副団長に頼んでくれ」

「えっ」

ニナはおどろきの声をあげる。

責めるでも怒るでもなく、ゼンメルは穏やかに告げた。

「わしは武器屋の倅《せがれ》だ。競技会で使用される剣の調整にたずさわる過程で、競技会そのものに興味をもって騎士となった。事務関係にはとんと疎《うと》くてな。副団長は司祭として村の教会を任されていた。万事に通じ、団舎の運営から予算配分、医術や薬草園の手入れにハンナの愚痴《ぐち》、読み書きができぬものの手紙の代筆までおこなえる。ようするに便利なんでも屋なのだよ」

「あの、そ、そうではなく」

ニナは言葉をにごした。

退団の手続きは副団長になどと、まるでニナの迷いを察したような発言だ。それともゼンメルは前々から、ニナを不要だと思っていたのだろうか。

卑屈《ひくつ》な考えを読んだように、ゼンメルは薄く笑った。

「おまえが役に立たないから辞めろ、と言っているのではないぞ。ならばわざわざ老眼を酷使《こくし》してまで、甲冑の調整などせんよ。ただガウェインを恐れて団舎を去った騎士もいたので、いちおうな」

ニナは恐縮したように縮こまる。

ゼンメルはできの悪い生徒をさとす教師のように、ふむ、と腕を組んだ。

「おまえはガルム国がなぜリーリエ国に裁定競技会を仕掛けたのか、その本当の理由を知っているな？」

「あ、はい。でも、詳しくは」

「きっかけはベアトリス王女がガウェインの横暴を諫《いさ》めたことだ。参加国の王侯貴族が集まる西方地域杯の前夜祭で、女官に無体を働こうとしたガウェインを王女殿下が制止した。ガウェインを恐れる列席者が見て見ぬふりをするなか、毅然と対応して女官を助けたらしい」

「王女殿下が……」

「ベアトリス王女は正義感の強い御方。王族として国の命運がかかる戦いを、観覧台から見おろすことに疑問をもち、渋る父王を説《と》き伏せて国家騎士団員となったほどにな。王族としての振舞いを説いた王女殿下を、ガウェインは笑ったそうだ。そして帰国後、ガルム国の王子として正式に婚姻を申しこんだ」

三年前の秋のことだな、と思いだすようにゼンメルは言う。

「悪評高い〈赤い猛禽〉の妃《きさき》になる気はないと、ベアトリス王女は一蹴《いっしゅう》した。するとガルム国は領土問題を理由に、国家連合に裁定競技会を申し立てた。リーリエ国は敗北し、所有が問われた領土はガルム国のものとされた。そしてふたたびガウェインが王女殿下に求婚し――この時点でリーリエ国は、ベアトリス王女が獣の尾を踏んだことに気づいたが、すでに遅かった」

同じだと、ニナはザルブル城で見た裁定競技会のことを考える。

ガルム国はシュバイン国から麦をかりた。のらりくらりと返済をしぶり、それどころかふたたび借用を求めてくる。断ると裁定競技会を利用して圧力をかけてくると、観客達が言っていた。

「火の島の恒久平和を祈念した戦闘競技会制度は、最小限の人的損害で国々の対立を解決することを目的とする。領土、水利、鉱山の採掘権、王位継承争い――制度がつくられて三百年、さまざまな問題が大地を血で染めることなく審判された。だが武力の優劣でことを決める以上、戦争と同じ不合理は避けられない。すなわち、正しいものが勝つのではなく、勝ったものが正しい」

「勝ったものが……正しい」

「しかも規則の範囲内であるならば、私欲のための利用を止める手立てがない。求婚を断られたと裁定競技会を申し立てても、国家連合は受理しない。しかし帰属の曖昧《あいまい》な領土問題ならば受理せざるを得ない。その意味で戦闘競技会制度は矛盾《むじゅん》をかかえている。そして矛盾に命をかけるなら、〈覚悟〉がなければ不可能だ」

「覚悟？」

「なんのために、と言うこともできるがな。騎士団員になった理由はそれぞれだ。国のため、個人や家の名誉のため。賞金のためでも、それしか生きる術《すべ》がない場合もあろう。ともかくは確固たる思いがあるからこそ、矛盾と危険に身を投じられる。それがわしの思う〈覚悟〉だ」

ゼンメルは作業台の引き出しをあけた。

紐でとじられた紙の束を手にする。使いこまれて端がすり切れている紙には、人体図と装備品が描かれ、数値や説明文がびっしりと記されている。

「あの、それは」

「わたしが装備品を調整した騎士の記録だよ。年をかさねて引退したものも、怪我《けが》をして団舎を去ったものもいる。むろん、競技場で死んだものもな」

ニナは表情を固くする。

詳細な書きこみを神妙な様子で眺めた。一番上の名前の欄《らん》にはデニスと書かれている。前に聞いた、去年の競技会で事故死したという騎士のものだろうか。

「たかだか片手で持てる量だ。これを重いとみるか、軽いとみるかはおまえ次第だな。だがこのおかげで火の島は平和を享受《きょうじゅ》していられる。わしはいままでに数度、裁定競技会の結果にそむいた国への制裁に、国家連合軍として参加したことがあるが」

一呼吸おき、ゼンメルは掠《かす》れた声で告げる。

「実際の戦争は地獄だよ。あれを表現するには、地獄以外の言葉をわしは知らない。比べれば矛盾の一つや二つ、どうということもない。何度調整しても合わぬ甲冑《かっちゅう》のように、世に完璧《かんぺき》はないからな。我らはただ与えられたもののなかで、知恵と勇気をもって最善をつくすだけだ」

「知恵と勇気……」

ニナはその手にかかえた国家騎士団のサーコートを見おろした。

国章である白百合の周りに描かれた緑の葉。知恵と勇気をあらわすオリーブの葉に守られ、白百合は誇り高く咲いている。

消灯の鐘が遠く鳴った。

気づいたゼンメルは、夜の散歩も終《しま》いだな、と紙の束を作業台にしまう。ニナのサーコートを棚に戻し、甲冑をはずした。

手提灯を手に小塔を出たゼンメルとニナは、扉の前で別れた。回廊《かいろう》を西塔へと戻るニナは、夜風にざわめく木々を見やる。暗闇の先には後背に国章が彫られた十字石が、騎士の覚悟を抱いて眠っている。

「わたしの……覚悟……」

つぶやいたニナの髪を、冷たい夜の風がさらった。

6

「十五人目は登録名〈ニナ〉、年齢十七歳……え？」

書類を手に確認作業をしている国家連合《リントヴルム》の審判部は、目の前に立ったニナに声をあげた。

出場騎士は控室で装備をととのえるので、鎧下《よろいした》と鎖帷子《くさりかたびら》という軽装に問題はない。問題ないのだが、長机に胸から上しか出ていないニナを、足から頭までまじまじと見る。

シュバイン国の公認競技場であるザルブル城。前日に入城して東塔に宿泊したリーリエ国騎士団は、招集を受けて居館の前にある受付に向かった。

国家連合旗が掲《かか》げられたザルブル城には、三百名ほどの審判部が集まっている。会場の設営から装備の検品、騎士の点呼に観客の誘導、競技会の審判から不正行為の監視にいたるまで、その運営を幅広く受けもっていた。

「十七歳？」

七歳のまちがいか、いやそんな子供が騎士のはずはないだろう。審判部は隣の同僚と小声で言葉を交わす。

身分証でもある〈騎士の指輪〉を見せるよう言われたが、仮入団中なので持っていない。事前に提出された名簿を再確認する審判部を、ニナは困惑の表情で見あげた。受付に並んだ騎士団員の最後尾で順番を待ち、先に確認をすませたリヒトらは控室に移動している。

――ニナは結局、騎士団員として裁定競技会当日を迎えていた。

出場することに、恐れや迷いがないといえば嘘になる。けれどゼンメルと武具庫で話した翌日、なんとなく気まずい気持ちで食堂に入ったニナに、団員たちは普段通り接してきた。

トフェルは唐突《とうとつ》に背後から持ちあげてきて、助けてくれたオドにはプレッツェルをにぎらされる。中年組は朝から飲んで騒いでいて、ハンナには当然のように、前掛けとカーチフを投げられた。

ベアトリスはニナの顔を見るなり、具合の悪いときにごめんねと、抱きついてきた。リヒトにはしつこいほど体調をたずねられ、ロルフは黙々と食事をしていた。いつもと変わらない対応に安堵《あんど》し、流されるように日常に戻ってしまった。

またニナが本当に退団すると考えているのかどうか、ゼンメルは裁定競技会を想定した陣形にも、普通にニナを組みこんだ。

炎天下に猟犬に追われる野兎《のうさぎ》のように走らされ、夕の鐘が鳴るころには雑巾のように干《ひ》からびるほど。ニナの弓はやはり不安定だったが、理由を考える余裕もない。罪悪感からか、盗み見したリヒトとベアトリスの姿が頻繁《ひんぱん》に思いだされたけれど、多忙と疲労にまぎれてしまう。

そんなこんなで裁定競技会までの半月ほどは、あっという間に過ぎた。

ふと気づけば、祝勝会の食材は発注しちまったからね、とのハンナの激励を背に、団舎を出立《しゅったつ》。騎馬にて街道を西に進み、国境沿いの砦《とりで》を越え、シュバイン国に入り会場であるザルブル城に到着していた——のだ。

——結局は、いろいろと中途半端なままです。不安だし、自信だってないですけど、ここまできたら出るしかありません。

名簿を確認した審判部は、ニナにほかの団員の名前や年齢をたずねた。

わかる範囲で答えると、怪訝《けげん》な顔をしながらも入城の許可を出す。居館の大扉前に立つ門番は、お腹ほどの背丈のニナが通りすぎるのを、首を動かして見おくった。

ザルブル城の居館の一階。採光窓から射しこむ夏の陽が、吹き抜けになった玄関広間を照らしている。

右手の奥がリーリエ国、左手の奥がガルム国の控室で、それぞれ半地下の回廊から競技場に出られるようになっている。中央には上階の観覧台に通じる階段があり、両国の貴族諸侯だろうか、着飾った男女が踊り場で談笑している。

階段の脇を通ったニナは、不意に足をとめた。上階へとのぼっていく、王都民風のブリオーにコートをはおった数人の男性。そのなかに、見覚えのある顔がいたような気がした。

――どこかで……？

ニナは記憶をたどる。やがてあ、と思いだした。

王都郊外で遭遇《そうぐう》した襲撃者のひとり。野盗《やとう》にしては小綺麗《こぎれい》な顔立ちだと思った、ニナに斬《き》りかかった男に似ているのだ。

――だけど、〈例の野盗〉がどうしてザルブル城に。

男性たちはそのまま上階へと消えていく。

ニナはおろおろと周りを見まわした。

控室に行ってリヒトたちを呼んできた方がいいのか。でも大事な競技会の前なのに、かんちがいだったら迷惑をかけてしまう。

悩んだニナはともかく、その男が本当に自分の見た人物なのか、確認することにした。

階段を駆けあがり、最上階でどうにか追いつくが、競技会と混雑は切っても切れないものなのだろう。

観覧台前の広間は、日傘をもったドレス姿の女性や、羽飾り帽子をかぶった男性でいっぱいだった。人混みにまごつくうちに、男たちは廊下《ろうか》の奥へと歩き去る。あとを追おうとするが、特別な貴人用の部屋でもあるのか、廊下には見張りの兵士が立っている。

ニナは困惑したように足をとめた。

どうしようか迷っていると、壁際の長椅子《ながいす》で話しこんでいる男性たちの声が聞こえてきた。

「王女殿下はまたしてもガウェイン王子の求婚を突っぱねたそうだ。我ら貴族の嘆願書まで無視されるとは、頑迷《がんめい》というか身勝手というか」

「祖国のために御身をささげるは、王族の尊《とうと》い役目のはず。競技会前に婚姻が成立すれば、負傷者を出さないよう手心を加えてもいいと、王子殿下がガルム国と協議までしたというのに」

「〈赤い猛禽《ブルート・フォゲル》〉に勝てる騎士などいるものか。〈隻眼の狼《アイン・ヴォルフ》〉ロルフでさえ、奴の命石《めいせき》を奪えなかったのだ。前回の競技会で死者を出しながら、なおも騎士を戦いに駆りたてるなど。国を守る国家騎士団員でありながら、王女こそが白百合《しらゆり》を枯らす害虫ではないのか?」

ニナは耳をうたがった。

小さな手をきつくにぎり、信じられないと首をふる。ガルム国との裁定競技会で、原因となったベアトリスが非難されているとは聞いていた。だけど仮にも自国の王女を、ここまであからさまに否定するなど。

「仕方ないわよ。本当のことだもの」

ぽん、と肩に手がのせられる。

おどろいたニナが振りむくと、鎖帷子姿のベアトリス王女本人がそこにいた。

長椅子の貴族たちが立ちあがる。これはどうも、ご武運を、と頭をさげ、そそくさとその場を去った。バルコニーの観覧台へ向かう後ろ姿に首をすくめ、ベアトリスはニナに笑いかける。

「で、どうしたの？　東の控室は受付を通って右手だけど、もしかして迷子？」

自分の運命がかかる裁定競技会直前で、自分への非難を耳にしたあとで。けれど普段と変わらないベアトリスの調子に、ニナはしばらく呆然《ぼうぜん》とする。

この方の心はどれだけ強いのだろう。気高くて美しい。本当の意味で〈金の百合《ゴルト・リーリエ》〉との呼称にふさわしいのではないだろうか。

感嘆に胸を打たれながら、ニナは自分がここにいる理由を説明した。

〈例の野盗〉と思われる男を見かけたこと。確認しようとあとを追ったが、男は廊下の奥に消えていったこと。

ベアトリスは無言でニナの話を聞いた。

やがて天井を向くと、全身の力を抜くようなため息をつく。

「前から変だと思っていたのよね。ガルム国が首謀者《しゅぼうしゃ》なら、家畜じゃなくて国家騎士団員を殺すだろうって。それに守秘義務で隠されている団員の個人情報を、他国のものが探るのは難しいんじゃないかって」

「王女殿下、あの……？」

「この廊下の先には王族用の特別室があるの。わたしもついさっきまで、そこで兄王子と会ってたわ。つまりニナが見た男はリーリエ国の、たぶん兄王子の近習《きんじゆう》ね」

ニナは兵士たちに守られた廊下の奥を見やる。

王子に仕えるものが、なぜ自国の国家騎士団に害をなすような行動をするのか。混乱したようにベアトリスを見あげると、静かな微笑《ほほえ》みが返ってきた。

「国家騎士団員の関係者を狙う〈例の野盗〉。目的はリーリエ国騎士団の人材確保を妨害して、ガルム国との裁定競技会に敗北させること。とすると首謀者はガルム国か、不利な状況をつくることで勝利を諦めさせ、わたしに婚姻を承諾《しようだく》させようとするリーリエ国。そうでしょ？」

「は、はい。でも」

「正直わたしもガルム国を疑って、国家連合の怠慢《たいまん》を怒ってたんだけどね。でも副団長と各地の襲撃記録を集めるうちに、もしかしたらって。だって被害届を出したのに、地方を管轄《かんかつ》する代官や領主の動きが鈍いんだもの。上から力が働いたのかもって、思うじゃない？　疑惑の段階だったけど、ニナのおかげでやっとすっきりしたわ」

教えてくれてありがとう、と礼を言う。

ニナは理解できないという顔をした。

「待ってください。だってリーリエ国ということは、国王陛下、つまりベアトリス王女の御父上ですよね？　なんでそんなことを」

「さっきの貴族の話を聞いたでしょう。いまの国難は、わたしがガウェイン王子の求婚を断ったことで起こってる。仮に今回の裁定競技会に勝っても、あの〈赤い猛禽〉はまた理由をつくって新たな競技会を申しこんでくるわ。制度の範囲内であるかぎり、国家連合だって動かない」

「そ、そんな」

「永遠につづく地獄のようなものね。ううん、わたしが首を縦にふれば終わるけれど。リヒトには悪いけど、いっそ猛禽のつがいになった方が楽なのにって、思わなくもないのよ」

「え？」

予想外の言葉に、ニナはその意味をはかりかねたようにベアトリスを見た。

そのときちょうど、観覧台のあたりがざわめきはじめる。居館の鐘が鳴り、国家連合の審判部が足早に通りすぎていく。

ベアトリスは急ぎましょう、とニナの腕をつかむ。周囲の貴人たちが振りむく勢いで廊下を走り、階段を駆けおりていった。

「だから知らないじゃすまないって！　居館にはたしかに入れたんでしょ？　それがなんで控室に来ないんだよ。まさか可愛《かわい》いからって、どっかに隠したんじゃないの？」

　一階に到着すると、受付の審判部につめよっているリヒトの姿が見えた。

　状況を察したベアトリスは、背後のニナに口元をよせる。あれで意外と短気なのよ、爽《さわ》やかそうで面倒だし、とこっそりささやく。

　審判部の視線でふたりに気づいたリヒトは、つかんでいた胸元をあっさりと離す。なにごともなかったように、破顔《はがん》して駆けよってきた。

　どうしたのいったい、とたずねられ、ベアトリスはちらりとニナを見て答える。

「控室がわからなくて、探すうちに観覧台に来ちゃったのよ。ちょうど兄上と話したあとだったから、城内を案内してたの」

　ね、と念押しされ、ニナはうなずいた。

　リヒトは表情をゆるめると、控室へいざないながら言う。

「ならよかったけど。それで、話は大丈夫だった？」

「まあいつも通りね。ガルム国から婚姻の申し入れがあって、断ったら、兄上が頬《ほお》をふるわせて睨《にら》んできて。承諾《しょうだく》したら今日の競技会で、怪我人《けがにん》を出さない約束を取りつけたんですって。兄の努力を無駄にするのか、王女の責務を考えたことがないのかって、もう大騒ぎよ」

「約束したって、もしかしてシュバイン国の競技会のとき？　リーリエ国の王族の馬車がニナをひきそうになったって、ロルフが怒ってた。マジで最低だな。ねえ、いまから出場名簿に名前を載せようよ。交代騎士がいないし、ちょうどいいじゃん」

「大剣どころかフォークの扱いも怪しい兄上を出したって、自分の体重で転んで終わりよ。口だけはよくまわるけどね。むしろこれを好機として、両国の友好関係を築くべきだって。猛禽を恐れて仲間になったら、国旗の白百合《しらゆり》を黒百合に変えないといけないわね」

ベアトリスが肩をすくめたとき、石造りの床が揺れた気がした。

「――？」

ガチャン、と重量感のある金属音。

顔をむけたニナの目が丸くなる。

リーリエ国の控室の対面にあるガルム国の控室から、巨大な騎士が、戸口より高い頭をかがめて出てきたところだった。

呆《あき》れるほどの巨体にまとうのは、双頭の鷲《わし》を意匠《いしょう》とする緋色《ひいろ》のサーコート。その鷲に似た奇怪な鼻と、くっきりと吊り上がった目。三日月のような口は耳のそばまで裂けている。不気味な異相に笑みを浮かべた騎士は、甲冑《かっちゅう》で床を鳴らして近づいてきた。

「うまそうな声がすると思った。リーリエ国の〈金の百合〉か。久しいな」

ベアトリスは臆することなく背筋をのばす。

鎖帷子《くさりかたびら》のすそをつまんで、優美に一礼した。

「ガルム国の〈赤い猛禽〉が、草食だとは知りませんでしたわ。化物のように恐ろしい顔をして花を食べるなんて、ずいぶんとお可愛らしいですこと」

ガウェインは黄色い目を細める。

獣が獲物を品定めするように、ベアトリスを眺めまわした。

「腰抜けの兄王子から話は聞いたはずだ。哀れな騎士を二度と戦えぬ木偶《でく》の坊《ぼう》にするまえに、我が妃としてしたがうなら、手加減してやらぬこともないが」

「残念ですわね。草食なうえに人間の言葉もご理解できないなんて。それこそ兄上から話は聞いたはずだ——でしょう？」

ベアトリスは毅然《きぜん》と顎《あご》をそらした。

ガウェインは鷲鼻を鳴らして笑う。

「それでいい。獲物はいきのいい方が楽しめる。きさまらのおかげでおれは、一年のおあずけをくらったのだ。シュバイン国ごときでは食い足りぬ。腕をへし折るか足をつぶすか。まともな身体《からだ》で競技場から出られるとは、思わないことだな」

ベアトリスとリヒトを順番にねめつけた目が、身をすくませているニナをとらえる。

い。

「その子供はなんだ？」

ニナの肩が大きくはねた。

身の毛もよだつ存在が自分を認識したことに気づいたが、あまりの恐怖で身体が動かない。

「その恰好《かっこう》は出場騎士か？　がんぜない幼女に大剣を持たせ、リーリエ国騎士団はなにをたくらむ。それとも愛《め》でて、敗戦の慰めとしたいのか？」

「大剣は持たせないよ。愛でたくはあるけどね」

リヒトは庇《かば》うようにニナの前に立った。

軽口のような口調と対照的に、目には剣呑《けんのん》な鋭さが閃《ひらめ》いている。

ガウェインは首をひねった。

「不可解だな。しかし締めれば心地いい悲鳴をあげそうな小娘だ。海のような目が実にいい。王女ともども、金の鳥籠《とりかご》で飼うのも一興か」

「妹が鳥籠に入るより、猛禽が敷皮《しきがわ》になる方が先だろう」

青ざめたニナの口が、にいさま、と動いた。

東の控室から出てきたロルフは、すでに戦闘競技会用の正式装備に身を包んでいる。ガウェインに一瞥《いちべつ》すらくれず、ロルフはリーリエ国騎士たちを見まわした。

「装備の検品は問題ない。おまえたち以外は身支度《みじたく》を終えて競技場に向かっている。急げ」

ガウェインはおお、と声をあげる。

「〈隻眼の狼〉か。無能な木偶の坊の集まりでも、おまえがいれば楽しめる。前回は命石だけは死守したようだが、今度こそは逃がさぬ。西方地域においてキントハイト国の団長に次ぐ手練《てだ》れ。おまえの骨を砕《くだ》いたら、さぞ小気味いい音が鳴るだろう」

ロルフはすっと目を細める。

不快さもあらわに、少しの怯《おび》えもなく言いはなった。

「猛禽を狩りそこねた覚えはあるが、命石を死守した記憶はない。人の言葉を解さぬばかりか、物覚えも悪い獣のようだな。耳障《みみざわ》りゆえ森へ帰れ。帰らぬのなら、腕のいい革職人を用意する」

――重い空気があたりを満たす。

ガウェインは目を血走らせてロルフを睨んだ。

ニナの喉《のど》が恐怖に鳴ったとき、西の控室からガルム国騎士が姿を見せる。

集合をうながされたガウェインは、甲冑の間から怒気をただよわせて去っていった。こちらも時間だ、と控室へ顎をしゃくったロルフに、リヒトが感心したような顔で言う。

「うちの〈一の騎士〉はちがう分野でも、〈一の騎士〉だよね」

「どういう意味だ？」

「や、あんたがひいでているのは剣技だけじゃないってさ。悪口の競技会があったら、それこそ西方地域で一番になれるかもね」

ロルフは怪訝《けげん》そうに眉《まゆ》をよせる。

無駄口をたたく余裕はない、と控室に急いだ彼らに対し、ベアトリスだけが動かない。

「王女殿下?」

最後尾のニナが振りかえる。

ベアトリスは我にかえったような顔をすると、ごめんなさい、と駆けだした。

華やかな美貌《びぼう》に浮かぶのはいつもの笑顔。けれどニナの肩にのせられたその手は――ふるえていた。


控室に入ったニナは身支度をととのえる。

競技会で使用できる装備品には制限があり、不正行為の防止のため、前日からの検品を経たものしか使用できない。甲冑を身につけて、サーコートを着る。矢筒《やづつ》を背負ってから兜《かぶと》をかぶり、短弓《たんきゆう》を持って外扉から出た。

薄暗い半地下の回廊《かいろう》の先に光が見える。

靴音《くつおと》をひびかせて明るい方を目指し、階段をあがった。地上にはゼンメル団長やクリストフ副団長、ヴェルナーを頭《かしら》とする中年組、トフェルにオドがすでに集まっていて——

「——！」

ぐわん、という轟音《ごうおん》がニナを包んだ。

耳をおさえて周囲を見まわす。

なんの音かと思ったそれは、観客の歓声だった。ザルブル城の中庭に広がる大競技場を囲む城壁は、屋上も内部も、黒山のような観客で埋めつくされている。

その数は数百——いや数千か。

ニナは石のように固まった。

空気がふるえるほどの喧噪《けんそう》と、頭上の太陽よりも暑い熱気。目の前には木杭《きぐい》で囲まれた大競技場が広がり、自分はリーリエ国家騎士団の軍衣をまとい、弓を手に立っている。

——とうとう、きてしまいました。

動きを止めたニナに気づいたリヒトが、心配そうに声をかける。

「ニナ、魂が抜けてるけど大丈夫？　ここがどこで自分が誰か、わかる？　君はニナ。ここはシュバイン国のザルブル城。でもってこれから、おれの〈弓〉になって戦うんだよ？」

「は、はひゃい！」

トフェルがぶはっと噴きだす。

はひゃいだって、と笑うトフェルの頭を、リヒトが盾で殴《なぐ》った。命石が割れる、というふうに指をさして首をふったオドに、そっちの心配かよ、とトフェルが怒鳴る。

すかさず中年組から、近くで大声を出すなよと抗議の声があがった。二日酔いに頭をかかえる彼らは、ここ数日、夜ともなると王都の遊興場へくり出していた。団舎でも勝利の前祝いとして大酒をのみ、ハンナに注意されると末期《まつご》の酒と言いはって、酒樽《さかだる》の没収をいじましく阻止していた。

国の命運をさだめる裁定競技会の直前に、この普通さはなんなのだろうか。

ニナは戸惑い、次にほっと息を吐いた。

トフェルに殊勝《しゅしょう》な意図はなかったろうが、いつも通りの適当さが、ニナを現実に引きもどしたのは事実だった。

一行はリーリエ国旗が掲《かか》げられた大競技場の東の端へと移動する。

木杭で区切られた長さ二百十歩、幅百四十歩の大競技場。西の端にはすでにガルム国騎士団が集まり、陣所前には緋色のガルム国旗が不気味に夏空を戴《いただ》いている。

審判部により人数の最終確認を終えたところで、団長ゼンメルが騎士団員を見まわした。手はず通りに、との声に、承知、と拳が左肩をたたく音が唱和する。

ニナがぎごちなくそれにならったとき、観客席にざわめきがはしった。

「？」

顔をあげると、自分を見ている無数の観客に気づいた。

競技場と観客席は地面と二階程度の距離があるが、ニナの目には観客の表情まで見てとれた。驚きとも呆《あき》れともつかぬ様子の観客たちは、ニナを指さして口々に言いあっている。

「あの小さい子供はなんだ？」

「しかもあれは短弓じゃないか。どうして剣をもっていないんだ」

「リーリエ国は騎士団員が不足し、交代騎士なしで挑むと聞いた。数合わせにしても、なんだってあんな細い少年を」

ニナは真っ赤になって下を向いた。

居心地が悪そうに足をすり合わせたニナの横で、リヒトが独り言のように言う。

「騎士団員が不足してなくても、きっとニナに声をかけたけどね。だっておれ荷車を射ぬくニナを見た瞬間、世界が変わったし。もう絶対、絶対あの子をつれて帰ろうって、思ったから」

「リヒトさん……」

リヒトは目を細めて笑った。

どこか挑戦的な微笑《ほほえ》みはあのときと同じだ。

ツヴェルフ村を襲った〈例の野盗《やとう》〉を撃退したあと、リヒトは片膝をついて手を差しだした。すべてを否定されていたニナに道を示して、飛び立つための翼を与えてくれた。

不思議でどきどきと胸が高まる。

その魔法に導かれてニナはここまで来たのだ。

競技場の中央に審判部が立った。

両国の立会人をしたがえ、国家連合章の記された書面を広げる。静寂が落ちた競技場に、両国の主張や結果順守の義務など、裁定競技会の開催を告げる口上が述べられた。

競技場の両端に整列した十五名ずつの騎士たちが、いつでも飛びだせるように身がまえる。

審判部が片手をあげた。

砂時計が返され、弾けるように銅鑼《どら》が鳴らされる。リーリエ国とガルム国の裁定競技会の、それがはじまりだった。

「開始！」

観客席から歓声があがった。

両国の騎士が鎖を解かれた猟犬のように走りだす。

ニナはリヒトとともに競技場の角を目指した。緊張で心臓が脈打つのを感じながら、ゼンメルの指示を必死に思いだす。

——重要なのは序盤で数の利をつくることだ。

シュバイン国への出立《しゅったつ》前夜。団舎の食堂に騎士団員を集めたゼンメルは、長机に戦術図を広げた。白と黒。二種類の駒《こま》を使って説明した。

――ロルフがガウェインをおさえている間に、できるだけ数を減らせ。ガウェインは化物だが、ガルム国騎士団のすべてが猛禽ではない。数の均衡を崩せば、一気に主導権をにぎることもできよう。そこでだ。

ゼンメルは緊張した顔で耳をかたむけているニナを見た。

――奴らはおぬしの役割を知らない。見た目を侮《あなど》って、おそらくは一息につぶしにこよう。そこを狙う。二人――いや三人。おぬしの弓で退場させてくれ。

「来る、三人！」

リヒトが片足を引いて大剣をかまえる。

競技場の南東の角。呼応するように大剣を掲げたトフェルとオドの向こうに、土煙をあげて迫ってくるガルム国の騎士が見えた。四人に対して三人で仕掛けてきたのは、ゼンメルの推測通り、ニナを〈一人前〉として計算していないのだろう。

ニナは競技場を見わたした。

中央付近にはガウェインと対峙《たいじ》する兄ロルフの姿がある。その周囲では陽動役の中年組やベアトリスらが、ガルム国の注意を引くように散開している。

「ニナ！」

リヒトの声に、ニナははっとして矢筒に手をのばした。

緊張に乾いた口で、三人、とつぶやく。小刻みにふるえる指で矢を引き抜き、短弓を斜めにかまえて体重を後ろにかけた。

そんなニナの姿に、ガルム国の騎士は失笑をもらす。大剣を誇示するように、軽々と振りまわした。

「こんな子供になにをさせる気かと思ったが、馬鹿げた児戯《じぎ》だな！　弓で命石を射ぬくなど、できるはずが」

しゅ、と風切音が鳴る。

ガルム国騎士の身体《からだ》がぐらつき、愕然《がくぜん》とした顔の前を砕《くだ》けた命石がこぼれおちた。審判部が角笛《つのぶえ》を吹く。ガルム国一名退場、との声が放たれ、一瞬の静寂の後、観客席にざわめきがはしった。

「ニナ、次はこっち！」

リヒトはオドの相手を引きうけるように打ちかかった。

意図を察したオドがトフェルの加勢に向かい、ニナはふたたび矢をつがえる。

ガルム国騎士と激しく交戦しながら、リヒトは避けられる一撃をあえて受けとめ、盾でおさえて動きを封じてくれる。その時間は数秒程度だが、炎天下の訓練場でトフェルに追われ、悲鳴をあげて矢を放っていたニナにはじゅうぶんだった。

びん、と弓弦《ゆんづる》が弾ける。次の瞬間にはガルム国騎士が、命石を失った兜をおさえている。

審判部の角笛が鳴りひびくなか、リヒトはニナをつれて角を離れた。

競技場の中央付近では、中年組でも手練れのヴェルナーが、二人の騎士を相手にしている。そこへ割って入ったリヒトは、ニナを背中に庇《かば》うように一人と剣をあわせた。矢音が鳴り、またしても落ちる命石の破片。

ここにくると観客も、おぼろげながら眼下の競技場で起こっていることを理解しはじめていた。

間近で確認したわけではない。けれどあの小さな騎士が弓をかまえると、相手の命石が割れている。

あれは矢で命石を、なんて腕前だ、信じられない、まさか弓をこんなふうに――驚愕の声が広がり、それは大きなうねりとなって観客席を包みこむ。

いいぞ小さいの、がんばれと声をあげるのはリーリエ国の民だろうか。敗戦濃厚とされた裁定競技会での予想外の優勢に、興奮したように腕を突きあげている。

額の汗をぬぐったニナは、声援に気づいて観客席を見あげた。

――わ、わたし？

人々の輝いた目がほかでもない自分に向いていることを確認すると、戸惑ったように胸をおさえた。

甲冑《かっちゅう》の上からでもわかるほど、鼓動が高まっている。けれどそれは開始前に感じたような恐怖や緊張感では、なかった。

ニナの弓により三名の、オドの援護を受けたトフェルが一名のガルム国騎士を退場させたところで、前半終了の角笛が鳴った。

前評判と異なりリーリエ国の優勢という展開に、ザルブル城は異様な熱気に包まれている。浮かされたようなざわめきのなか、両国の騎士は間の休憩のために、東西の陣所へと戻った。


「すげえ！　マジですげえぞ小さいの！　ガルム国騎士のまぬけ面《づら》ったらねーよ！　さすがはおれの玩具《おもちゃ》だな！」

ご褒美《ほうび》としてくすぐってやる、と迫ってくるトフェルに、ニナは果実水《かじつすい》を飲みながら後ずさった。

リヒトがトフェルの飾り布を引っ張る。文句を言った大きな口に、オドがすかさず、はちみつに漬けたシトロンの塊《かたまり》をおしこんだ。

屋根と柱からなる陣所。机には飲み物や果物がおかれ、足元には予備の武具類が。奥は身体を休められるように段差のある板の間になっていて、傷薬などが用意されている。

もがもがと苦しそうなトフェルを無視して、オドは切り分けたシトロンをニナによこした。礼を言って受けとると、がんばったというふうに兜をなでてくれる。

リヒトは水で冷やした布で顔をぬぐった。肩の力を抜き、感心したように苦笑する。

「だけどおれもびっくり。最近ちょっと不安定だったし、今朝だって食事もとれないくらい緊張してたのに。まさか本番にきっちりあわせてくるなんて」

「そういうわけでは、ないの、ですが」

ニナは荒い呼吸を吐きながら答えた。

団長や副団長と戦術図を広げているベアトリスをちらりと見る。

――なんでしょう。あのときから、なんだか。

競技会前にガウェインと会ったとき、笑顔を浮かべながらふるえていた白い手。その感触をたどるように肩に触れると、リヒトが心配そうな顔をする。どこか痛めたかとたずねられ、ニナは小さく首をふった。

二日酔いに苦しんでいた中年組は、一汗かいて酒が抜けたようだ。けろりとした顔で岩塩の塊をかじり、果実水を壺《つぼ》ごとあおっている。

全員が一息ついたのを待ち、ゼンメルが口を開いた。

「前半はこちらの思惑通りに進んだな。ニナ、本当によくやってくれた。力業《ちからわざ》で押しきられた先の三戦に対して、初めて五分五分の状況に持ちこむことができた」

ニナは恐縮したように頭をさげた。

そして不思議そうな顔をする。現時点で両国の残り騎士は、十一名と十五名。数字からでは明らかに、リーリエ国が優勢に見えるのだけれど。

ゼンメルは競技場の西の端を見やる。

真夏の陽光を浴びた競技場の向こうに、陽炎《かげろう》のように揺らめく人影。陣所で休息をとるガルム国騎士団の赤い軍衣が、獲物を狩る相談をする猟犬の群れに見えた。

ゼンメルは表情を険しくする。

「問題はここからだ。ガルム国はおそらく、五名の交代騎士を出して反撃にかかるだろう。ニナがどう機能しているかを知り、対策を講じてくる可能性が高い。リヒト、後半はくれぐれも慎重にな」

「承知！」

「ガウェインは前半につづいてロルフが。残りは二手に分かれて、連携をとりながらロルフの援護だ。一方は副団長、もう一方はヴェルナーに任せる。ロルフ、おぬしはそれで——ロルフ?」

板の間に座るロルフはようやく顔をあげた。

くりかえし名を呼ばれなければ気づかなかった。その顔からは汗がしたたり落ち、両肩で大きく息を吐いている。

ゼンメルは咎《とが》めるように目を細めた。

「前半に飛ばしすぎたか。配分を誤るなど、冷静なおぬしがどうした？」

「飛ばしたわけでも……配分を見誤ったわけでも……ありません。己の研鑽《けんさん》が足りない……ただ、それだけのこと……」

「武器はたたけば強くなるものでもない。おまえに必要なのは打ち込みの回数ではなく、発想の柔軟性だよ。百回で勝てなければ五百回、ついには千回と、凝《こ》り固まった心では両の目が開いていても、見えぬものがあろうに」

ともかくは行けるか、と問われ、ロルフはうなずく。

ニナは心配そうな視線を向けた。

攻守にひいでたリーリエ国の〈一の騎士〉。狼のような身体能力で競技場を駆け、磨きぬいた剣技で他を圧倒するロルフが、砂時計三反転ほどの時間でこんなにも消耗《しょうもう》するとは。

そんな妹に気づいたロルフは、黒髪でおおわれた顔の左半面に触れた。

秀麗《しゅうれい》な顔に刻まれた獣傷。片目を失った過去の自分に苛《いら》立《だ》ったように唇を噛《か》む。妹の目を避けるように、顔をそむけた。

休憩の終わりを告げる角笛が鳴った。

歩きだした団員たちにつづいたニナは、陣所の前に立てられた国旗の前で足をとめた。

大競技場の東西に、競いあうように掲《かか》げられた両国の国旗。毅然とはためいたリーリエ国旗が、いまは力なくたれている。

風はいつしか止んでいた。

土と汗と、鮮血に似た金属の匂《にお》いがする。まるでこれから起こる惨劇《さんげき》を暗示するかのように。

――なんだか、嫌な予感がします。

胸騒ぎを覚えながら、ニナは競技場の端に整列した。審判部が後半の開始を告げ、砂時計が返される。

四方の銅鑼《どら》がふたたび鳴らされ、それは起こった。

「⁉」

リヒトと角へ走ったニナの視界に、もうと巻きあがる土煙が飛びこんでくる。

赤い軍衣をひるがえす騎士の集団。先頭に見えるのはガウェインだ。ガルム国騎士団は総がかりとなり、ニナを目指して殺到してくる。

散開しかけたリーリエ国騎士団は、ガルム国騎士団の意図に気づいて方向を変えた。競技場の角に陣取ったリヒトとニナの救援に走る。ヴェルナーに率《ひき》いられた隊列が、兜《かぶと》の飾り布のように長くのびた。

それを狙っていたのだろう。ガウェインは突如として身をかえすと、隊列を分断するように襲いかかった。

「！」

大剣がうなりをあげ、岩石のような顔の騎士が吹き飛ぶ。

倒れたところにガルム国騎士が殺到して命石《めいせき》を割った。ヴェルナーが声を荒らげて陣形再編の指示をだす。しかし仲間との合流をさえぎるように、ガルム国騎士が壁をつくっている。

ゼンメルの推測通り、ガルム国騎士団には五人の交代騎士がいた。前半で足を使ったリーリエ国騎士に比べて動きは早く、網に囲いこまれた川魚のように、中年組が次々に猛禽の餌食《えじき》となる。

――そんな。

ニナは呆気《あっけ》に取られ、味方騎士が命石を奪われるのを見ていた。

猛禽はただ肉を食らう獣ではなく、不幸なことに人の知恵をそなえていたのだ。ガウェインが合図をすると、三人の騎士が心得たようにロルフを取り囲んだ。

この時点でガルム国十一名に対し、リーリエ国は九名。

辛《かろ》うじて包囲を抜けたヴェルナーと副団長ら六人は、陣形を組み、襲いかかる七人のガルム国騎士と打ちあっている。三人の騎士に囲まれたロルフは攻撃を仕掛けるが、彼らの目的は足止めのようだ。守りに徹しながら包囲をゆるめないガルム国騎士を、前半で消耗したロルフは振りきることができない。

「あ……」

ニナは弓を抱きしめた。

大地を揺るがし、ガチャ、ガチャ、と甲冑が鳴る。

夏空をさえぎるほど巨大な騎士が近づいてくる。

その恐ろしさを体感するのは初めてではないが、実際に標的となる恐怖は次元がちがった。猛禽類をそのまま人にしたような異相に、獣毛のような赤い髪。不気味に光る黄色い目と、裂けたような口元。

なんて大きい。なんて恐ろしい。

これははたして、人間が戦える存在なのだろうか――

怯《おび》えるニナを背後に、リヒトはいつでも動けるように片足を引いている。

その表情にいつもの甘さはない。鋭く細められた新緑色の目には、強敵を前にした緊迫感が張りつめていた。

「虫けらなりに知恵を絞《しぼ》ったものだな。そんな子供でなにをするかと訝《いぶか》しんだが、短弓《たんきゅう》を近距離で使わせるなど予想外だった。だが、からくりがわかれば造作《ぞうさ》もない」

ガウェインは大剣を一閃《いっせん》させた。

盾で受けたリヒトだが、大岩のような圧力に、大地にめりこんだ両足が後退する。

「っ！」

ガウェインはリヒトを弾き飛ばすと距離をつめた。

風音をうならせる大剣に、リヒトはすかさず応戦する。名前を呼ばれ、ニナは我にかえったように背中の矢筒《やづつ》に手をやった。

抜きざまに弓をかまえるが、ガウェインの獣じみた動きに狙いがさだまらない。やがて重い一撃がみぞおちに入り、苦しげにうめいたリヒトの両膝が地についた。

「リヒトさん！」

悲鳴をあげたニナの視界に影がかかる。

顔よりも大きい手で胸ぐらをつかまれ、小さな身体《からだ》が宙にういた。息苦しさに、短弓をにぎる指から力が抜ける。

「ニナ！」

身を起こしたリヒトの目の前に剣先が突きだされる。

大剣でリヒトの動きを封じたまま、ガウェインは首をかしげた。もう片方の手で締めあげたニナを怪訝《けげん》そうに眺める。

「子兎《こうさぎ》のように柔らかいな。小さくとも身体能力に優れる、というわけではないのか。こんな小娘を裁定競技会に出すとは、老いぼれ団長も耄碌《もうろく》したとしか――ああ、ちがうな」

ガウェインは嫌な笑みを浮かべる。

「簡単にくびり殺せる小娘をあえて出し、おまえたちはまたおれに〈殺させる〉つもりなのだろう？」

リヒトが表情をこわばらせる。

――こ、ころさせ……る？

朦朧《もうろう》とする意識のニナに、ガウェインはずいと顔をよせた。

「リーリエ国は去年の競技会で、仲間を犠牲《ぎせい》にして勝利を盗んだのだ。無能な審判部は〈事故〉で片づけたが、あの騎士はわざとおれの剣に喉元《のどもと》を差しだした。競技会は、我がガルム国の反則負けとなり、おれは一年の出場停止処分だ。百合《ゆり》の国の高潔な騎士が聞いて呆《あき》れる。薄汚いこそ泥の集団というわけだ」

「薄汚い……こそ泥？」

リヒトが掠《かす》れた声でくり返した。

ガウェインは嘲《あざけ》るように眉《まゆ》をあげる。

「それが不満なら泥棒猫か、金の百合に懸想《けそう》した哀れな騎士か。どちらにしても無意味に命を捨てたものだ。どうあがいたとて、きさまらがおれに勝てるはずもない。愚かでまぬけな犬死にだったな」

「あいつは、犬死になんかじゃ！」

眼前に向けられたガウェインの剣を、盾で弾く。ぎりりと歯を鳴らし、リヒトは地を蹴《け》って斬《き》りかかった。

ガウェインはニナをほうり投げて応戦する。地面にたたきつけられ、ニナの口からくぐもった呻《うめ》き声がもれた。

背中を丸めていると、激しい剣戟《けんげき》が間近で聞こえる。

やがて重い金属音が身体を揺らした。顔を向けると、うつ伏せに倒れたリヒトの姿が見えた。

「リヒトさん！」

頭を強打したのか、身を起こそうとした身体が力なく崩れる。

ニナは弓を拾いあげてリヒトに駆けよった。背中の矢をつがえ、近づいてくるガウェインの前に立ちはだかる。

ガウェインは面白そうに目をみひらいた。

兜の命石を誇示するように顎《あご》をそらす。

「放つといい、小娘」

「え？」

「あたればおまえの勝ちだ。だがはずれたときは覚悟を決めろ。身体中の骨を砕《くだ》き、その顔を引き裂いてやる」

ガウェインは不気味な笑みを浮かべる。

「おれは脆弱《ぜいじゃく》な存在が、身のほど知らずに逆らう傲慢《ごうまん》が許せんのだ。己の身が可愛《かわい》いならば、そこをどけ。弓を捨て、まぬけな騎士が壊されるのを見学しているといい」

――そんな。だって、そうしたら。

ニナは肩越しに振りかえる。起きあがろうともがくリヒトの手には、大剣もない。ガウェインに向きなおり、ニナはごくりと唾《つば》をのんだ。

距離はわずか数歩。飾り布の根元に光る命石をさえぎるものはなにもない。

普段ならば問題なく射ぬける距離だが、おぞましい宣言が身体をしばる。矢羽根を持つ右手も、にぎりをつかむ左手も。ぶるぶると痙攣《けいれん》するようにふるえている。

――どうしよう。ね、狙いが。

そんなニナの姿に、ガウェインは鷲のような鼻を鳴らした。

「放ちもせず動く気もない。ならばそこの金髪より先に、つぶれた柘榴《ざくろ》になりたいということか」

ガウェインは大剣を振りあげる。

長大な剣が夏の太陽をさえぎり、ガウェインが歯をむき出しにして笑った、そのとき。

「⁉」

火花が散り、くぐもった呻き声がもれる。

反射的に目をつぶったニナがふたたび目をあけると、長い黒髪が視界に流れていた。ロルフがガウェインの大剣を胸に抱くように、長身をくの字に曲げている。

「……にい、さま？」

ニナはぽかんとつぶやいた。

ロルフの口からどっと血が噴きだした。赤い軌跡をえがき、壊れた騎士人形のように崩れていく。金属音をたてて倒れた身体は、ぴくりとも動かない。

赤い血と、そして横たわる兄の姿と。

ニナの脳裏《のうり》にあの日のことがよぎった。

十年前の夜の森。月光に照らされた山熊の前脚と、自分の前に飛びこんだ兄の背中。

そして大きくのけぞった兄の左目から、赤い血が。

赤い血が、決して消えない罪の証《あかし》のように。

「あ──あ……あ」

ニナの手から短弓が落ちた。

トフェルとオドが敵兵を退けながら走ってくる。

「強引に包囲を破って飛びだして、次には倒れてるとかなんなんだよ！　審判部を見ろ！　おれたちが一人負けてるのに、時間がねえ！」

言葉どおり、中央の審判部はすでに砂時計を見おろしている。

そのとき、ガウェインが思わぬ行動に出た。

トフェルを追ってきたガルム国騎士の命石を、自らの大剣で打ち砕いたのだ。

「！」

吹き飛ばされた騎士は泡《あわ》をふいて動かなくなる。周囲のガルム国騎士が駆けより、怯えた視線をガウェインに向けた。

「面白い獲物がいるのに、ここで終わらせてはもったいないわ。騎士をつぶせぬ一年のなんと味気なかったことか。おれの飢えは簡単には満たされぬ。……逃がさんぞ」

舌なめずりをし、ガウェインはリーリエ国騎士をゆっくりと見まわす。西の陣所へと去る巨体を、倒れた仲間をかかえたガルム国騎士が遅れて追った。

ほどなくして審判部が終了の角笛を吹く。

両国の残り騎士数が確認される。結果は同数。

延長競技が発表され、観客席から喝采《かっさい》があがった。

惨敗を覚悟していたリーリエ国民は、あるいは予想外の善戦を喜んでいるのかも知れない。

しかし競技場にいる団員の表情は厳しかった。味方の多くは負傷し、一の騎士であるロルフは意識がないのだ。

審判部がロルフを担架にのせて運びだす。

その様子を放心したように眺めるニナの後ろで、リヒトが身を起こした。

汚れた手をはたき、西の陣所をじっと見つめる。投げ出された大剣を拾うと、下を向いたまま立ちあがった。

「ニナはロルフに付き添ってあげて。それで競技場には、もう戻らなくていいから」

「え？」

ニナはおどろいて視線を向ける。

リヒトは疲れたような苦笑を浮かべた。

「ごめんね。あんなにがんばって訓練してくれたのに。怖かったろうに逃げださないで、こうして出場してくれたのに」

「あ、あの、リヒトさん？」

「団長の言うとおりだ。身を守れない騎士が危険になれば、誰かが助けなきゃいけない。おれが馬鹿みたいに転がって、かわりに守ろうとしたロルフが倒れた。そういうことだったんだ」

混乱するニナから目をそむけ、リヒトは静かな声で言う。

「戦闘競技会制度がはじまって三百年。歴史は嘘をつかなかった。弓はやっぱり、競技会じゃ難しかったんだ。だから弓しか使えないニナは、このまま出るのはちょっと、無理かもなって」

「わたしには……無理……」

「ロルフが負傷して望みはもう薄い。そんな状況に、騎士として役に立てないニナが加わっても意味がないでしょ。無駄なことで怪我《けが》してても悪いしさ。だから延長競技は、おれひとりで大丈夫だから」

ロルフの看病を頼むね、と歩きだしたリヒトを、ニナは自失した表情で見つめた。

腰が抜けたように動かないニナに、ほかの団員たちが複雑そうな顔をする。

なにか言いかけたベアトリスの肩に、ヴェルナーが手をのせた。

面倒くさそうに顎髭《あごひげ》をかく。行くぞ、と団員たちをうながすと、ニナに声をかけることなく立ち去った。

◇◇◇

——ごめんね。

——弓はやっぱり、競技会じゃ難しかったんだ。

リヒトはそう告げて背を向ける。

大剣をひっさげ赤い軍衣の敵へと駆けていく。まるで血の海にのみこまれていくような姿に、けれどニナの足は動かない。

どこからか声が聞こえた。

それでも破石王アルサウの……。

役立たずの案山子《かかし》……。

ニナを指さして笑うのは、カミラであり村人だ。ヨルク伯爵杯で戦った騎士たちや、名も知らぬ無数の観客たち。

そして小さなニナ自身が諦めた顔で。

「あ……」

ニナはゆっくり目をあける。

ザルブル城の東塔の一室。寝台では兄ロルフが横たわり、付き添っていたニナは競技会の疲れだろう。枕元に突っ伏すように寝ていたらしい。

──兄さまは、まだ。

ニナは眠る兄を痛ましそうに眺めた。

ガウェインの強打は鋼《はがね》に勝る硬度の甲冑《かっちゅう》を凌駕《りょうが》し、その衝撃で肋骨《ろっこつ》をも砕いていた。ロルフを診察した国家連合の医師によると、完治には最低でも一カ月はかかるらしい。中央の丸卓におかれた甲冑に刻まれた、深い太刀傷《たちきず》。硬化銀でなければ身体《からだ》を輪切りにされていた一撃を想像するたび、どうしようもない罪悪感に苛《さいな》まれる。

ニナは気がついたように耳をすませた。

──観客の歓声が。

あけ放たれた窓からは、夏空と城壁に掲《かか》げられた国家連合旗が見える。正確な時間はわからないが、そろそろガルム国との延長競技が開始されるのだろうか。

延長競技はふたたび十五名ずつでおこなわれる。しかしロルフとニナが不出場となったことで、リーリエ国は十三名で挑むことになった。

数の不利は当然。また中年組の何人かは午前の競技で負傷し、まともに戦えないものもいる。

あらゆる意味での圧倒的劣勢だ。最悪の場合は前に見たシュバイン国のように、棄権《きけん》を選択することになるのだろうか。

「う……」

背後からうめき声が聞こえた。

あわてて寝台に目を戻すと、兄が薄く目をあけている。

「に、兄さま！」

自分と同じ青海色の目が、ここはどこだというふうに周囲を見まわした。

片肘をついて身を起こす。けれど動くなり胸をおさえた姿に、ニナは飛びつくようにその背をささえた。

手のひら越しに、鎧下《よろいした》のなかに厚く巻かれた包帯や、骨折のせいで発熱している身体を感じる。

ニナは顔をゆがめた。

兄が目覚めたという安堵《あんど》も引き金となり、みるみる目が潤んでくる。

――わたしは、なんてことを。

一度ならず二度までも、兄に大怪我を負わせてしまった。自分のような役立たずを助けるために左目を失わせた。国家騎士団の要《かなめ》である〈隻眼の狼〉ロルフを、延長競技に出場できなくさせてしまった。

どこかに消えてしまいたいほど、自分自身がいやだ。

兄を傷つけて、皆に迷惑をかけて、リヒトには背を向けられて。

こんな自分を誰にも見られたくない。

兄だってきっと自分の顔など見たくない。

そうだ。そうだ。そうだ――

意識を飛ばしたせいで記憶が混濁《こんだく》しているのだろう。現状を把握《はあく》できていないロルフは、ぼんやりと部屋を見まわした。

丸卓の甲冑を一瞥《いちべつ》し、窓の外を眺める。寝台の横でうずくまっている妹に気づくと、怪訝《けげん》そうに問いかけた。

「たずねたいことは山ほどある。その前におまえはなぜ、泣きながら丸まっている？」

「……って、わ、わたしの、せいで……」

「おまえのせい？」

「わたしには、国家騎士団なんて無理なのに。兄さまに、止められたのに……。なのに裁定競技会になんか、出て、また兄さまに、怪我を……」

寝台の上に身を起こしているロルフは、しゃくりあげる妹をじっと見おろす。

「兄さまが、わたしから顔をそむけて、当然です。だってわたしも……わたしが、いやだ。村のみんなと、全然ちがう。小さくて、弱くて、なにもできない。父さんや母さんや、カミラたちに、迷惑ばかりで……」

自分のすべてを隠すように縮こまり、ニナは声をふるわせる。

「いやだったから、変わりたくて……。だけどやっぱり、できなかった。それどころか、わたしのせいで、兄さまが。兄さまが出られなくなったら、負けてしまう。そうしたら王女殿下が、リーリエ国が……」

嗚咽《おえつ》まじりに、絞《しぼ》りだすように。

ごめんなさい、ごめんなさい、とくり返すニナのうなじにロルフの手がのびる。

「!?」

首根っこをつかまれた身体が宙に浮いた。

おどろきにみひらかれた目から涙が落ちる。ニナは寝台に持ちあげられ、ぽふんと音をたててロルフの上に落とされた。

「に、兄さま?」

ロルフは険しい顔をしている。

眉間《みけん》にきつくしわをよせ、ぎりと奥歯を鳴らした。

「……腹立たしい。なにが〈隻眼の狼〉だ。リーリエ国の一の騎士か」

「す、すみません。すぐにどいて」

「そうではない。おれが腹を立てているのは、おれ自身だ。口のうまい狼にだまされた子兎《うさぎ》だとばかり。だからおれは」

腹の上でうつ伏せになっているニナは、不思議そうな顔をした。

ロルフは怒りをおさえるように、肩で大きく息を吐く。

泣き腫《は》らしたニナの顔を見おろした。

言葉を探すような沈黙のあと、重い口を開いた。

「おれはおまえを避けていた」

「うっ」

「ちがう。泣くな。避けていたからといって、嫌いという意味ではない。おれはおまえが……おまえが小さすぎて、どう接していいかわからなかった、のだ」

「兄さま……」

「おれとおまえはあまりに体格がちがう。幼いころに同じ寝台で眠ってつぶしかけたことも、棍棒《こんぼう》を教えようとして骨折させたこともある。柔らかくて華奢《きやしゃ》で、すぐに壊れる。村の誰ともちがうおまえを扱いかねた。だから避けた」

ニナはゆっくりと目をまたたく。

兄がいっしょに寝てくれなかったことや、遊んでくれなかったこと。出来そこないの自分が疎《うと》ましいのだと、ずっとそう思っていて。

「距離をおくうちに、おまえはおれから逃げるようになった。小さなおまえが大きなおれを恐れるのも無理はない。寂しい気持ちはあったが、安心もした。不用意に近づいて怪我をさせたくない。子兎と狼はともに暮らさない方がいいのだと」

村での日々を思いだすように、ロルフはつづける。

「年をかさねても、おまえは小さいままだった。同年代の娘にたやすく組み伏せられる姿に、おれは剣の腕をみがくことに専念した。妹を守るのは兄の当然の役目だ。おまえが村でいちばん弱くても、おれが誰よりも強くなれば問題ないと。……だがおれは、おまえを守れなかった」

ロルフは黒髪をかきあげる。

閉じた左目と獣傷があらわになった。

ニナは思わず目をそむける。そんな妹を、ロルフは苦しそうに見おろした。

「おまえはおれの左目を見るたびに、痛みをこらえるような顔をする。おれはそれが嫌で傷を隠すようになった。だがこれは、おれの増長がまねいた自業自得《じごうじとく》の報いだ。おまえのせいではない」

「自業自得？」

ロルフはうなずいた。

「十年前のあの日、本来ならおまえが狩猟についてきたと気づいた時点で、村に帰すべきだった。しかし地方の騎士団に入れば会う機会も少なくなる。兄らしいことなどほとんどしてやれていない。餞別《せんべつ》代わりに見事な獲物をしとめ、おまえを喜ばせるのも悪くない。おれは浅はかにも、そう思ってしまった」

「わたしを……喜ばせる」

「しかし結果として、はぐれたおまえは山熊に襲われた。闇の深淵のような森と夜目の利《き》く獣。おまえを守って戦う不利。おれは、この目を失った」

惜しむでも嘆《なげ》くでもない。

ロルフは淡々と事実を告げる。

「原因はおれの油断にほかならない。だが非難されたのはおまえで、おまえ自身も自分を責めた。騎士としてのおれの将来を奪ったと。ちがうと否定しても、騎士団の内定が撤回《てっかい》されたのも、視界の半分を失ったおれが一生の不利をかかえたのも事実だ」

ロルフは閉じた左目に手をのばす。

二度とあかない己の目。慢心の象徴のような獣傷を、受け入れるように指でたどる。

「だからおれは決意した。いままで以上に己を鍛え、左目程度なくても騎士として問題ないことを証明してみせようと。言葉で無理なら結果で示せばいい。国家騎士団に入り、破石王の称号を手にしてみせると。それがおまえに自責という心の傷を負わせ、村での立場を悪くしたおれの、騎士であることの〈覚悟〉だ」

ロルフは不意に咳《せ》きこんだ。

話すと傷が痛むのだろう。ニナは兄の脇に移動し、その胸にそっと触れる。

「……おれにとってのおまえは村の誰よりも弱く、山熊に食われかけた〈小さな妹〉だ。兄として守るべき存在。だからリヒトと街道にいたおまえを見たときは、愕然とした。国家騎士団など無謀《むぼう》極まりないと、怒りさえ感じた。模擬競技で命石《めいせき》を打たれてもなお、おまえは〈騎士〉ではなく、〈小さな妹〉のままだった」

心配そうに見あげてくるニナの手をつかみ、ロルフははっきりと言う。

「この怪我はそんな思いこみの報いだ。慢心で目を失った十年前となんら変わらない、おれ自身がまねいた愚かな結果。だからおまえが謝る必要は、まったくない」

ニナは大きく首をふる。

自分を助けてくれた兄が愚かなど、そんな馬鹿な話があるはずがない。

「兄さまのせいじゃありません。だってあそこで兄さまが来てくれなかったら、わたし」

「おまえとガウェインの間に飛びこんだ瞬間、おれはその矢がたしかに奴の命石に向けら

れているのを見た。おまえの目には力があり、矢羽根を離す直前だった。……あたってい
たかどうかはわからない。けれどおまえが一歩も引かず、奴に立ち向かったのは事実だ」
ニナの手をにぎったまま、ロルフは声に自嘲《じちょう》をこめる。
「裁定競技会のまえ、ガウェインがおまえに目をつけたことを知った。危機が及ぶ前に倒
さねばと、焦ったおれは前半で足を使った。ガウェインと対峙《たいじ》する姿に動揺《どうよう》し、無我夢中
で走ったおれは、おまえの心を見ていなかった」
「わたしの心？」
「森でふるえていた兎はいつまでも無力なままではなかった。兎は守られるのではなく、
狼とともに戦いたくて村を出たのだ。両方の目が開いていても見えないことがある。団長
の言葉はそういうことだった」
ロルフはすまなかった、と頭をさげる。
ニナはわななくように声をふるわせた。
「や、やめてください。わたしはただ、いやだったから。兄さまが傷つくのを見ていただ
けの自分も、カミラたちの足を引っ張るだけの自分も。だから可能性が少しでもあるなら、
それならって」
そうだ――そうだ。
いまならはっきりと断言できる。

わたしは〈変わりたい〉と思って村を出たのだ。

出来そこないの案山子《かかし》だと笑われる自分が恥ずかしかった。兄の妹としてふさわしくない自分も、両親に同情されるだけの自分も。

破石王アルサウの子孫として大剣を振るう村人が羨《うらや》ましくて。できない自分が情けなくて。

だけど強靭《きょうじん》な体格も力もない。なにひとつ持っていない自分には無理だと諦めていた。

そんな自分に手を差しのべてくれたのが、リヒトなのだ。

リヒトはニナが自分自身でも気づかなかった宝物を見つけて、目を輝かせた。君が必要だと、君を探していたと。魔法の言葉でニナに希望を与えてくれた。

――だけど。

ニナは悲しそうに下をむく。

ごめんねと、自嘲するように苦笑したリヒトを思いだし、兄の手を離した。

「……だめです」

「だめ？」

「変わりたかったけど、だめなんです。無理だって。弓はやっぱり戦闘競技会じゃ役に立たないって、リヒトさんが」

だから自分はここにいるのだと、ニナはリヒトから言われたことを兄に伝える。

無言で耳をかたむけたロルフは、歓声の聞こえる窓の方を見やった。

凜々《りり》しい眉《まゆ》を不愉快そうにひそめる。

「日頃から不快な軽口をたたく男だと思っていたが、悪者を気どるとて、いま少し言い方があるだろうに」

「え？」

「リヒトがおまえに背を向けた理由に、おれは心当たりがある。おれはリヒトに〈あること〉を頼まれた。騎士としては公正に伝える義務があるだろう。だが兄としては無視する権利があると考えている」

「頼まれたって」

戸惑うニナをよそに、ロルフは寝台から立ちあがる。

苦痛をこらえるように歯を食いしばり、歩きだした。急いで駆けよったニナに支えられ、丸卓の甲冑《かっちゅう》に手をかける。

「リヒトが告げたことは気にしなくていい。軽口だらけの男にも、爪の先ほどは騎士の心があるのだ。歓声が聞こえるということは、帰趨《きすう》はまだ決していない。ならばともかく競技場へ向かおう」

「競技場へ……」

「おまえの〈覚悟〉は聞いた。誇り高く勇気のある信念だ。最後の皇帝に身をささげ、命ではなく命石のみを奪いつづけたアルサウの子孫としてなんら恥じぬ。おれはおまえに国家騎士団の軍衣をまとう資格があると、確信する」

◇◇◇

前半終了の角笛が競技場にひびきわたる。

リヒトは大剣を地面に突きたてて息を吐いた。

昼食をはさんで開始された延長競技。真夏の炎天は、恨めしいほどにザルブル城の中庭を照らしている。高温と疲労で、身体《からだ》はすでに限界に近い。

「五人か。意外に残ったな」

リヒトと交戦していたガウェインは笑った。

無尽蔵《むじんぞう》の持久力と畏怖《いふ》される通り、その顔に疲れの色はない。軽々と大剣をふると、味方の騎士を引きつれて西の陣所へと去っていく。

歓声とも溜息ともつかぬ観客の声に背を向け、リヒトは東の陣所へと戻った。

奥の板の間では、命石を奪われた騎士が傷ついた身体を横たえている。あるいは極限まで力をつくした団員が座りこみ、荒い息を吐いていた。

たしかに近づいてくる敗戦の気配。

リヒトは一年前の裁定競技会を思いだした。

——あのとき、あいつは。

あのときも前半で半数をこえる団員が命石を失い、残りの団員も疲労と負傷でまともに動ける状態ではなかった。誰の頭にも競技会の結果が見えている状況で、デニスに変わった様子はなかったと、いま考えてもそう思う。

そそっかしくて気のいい青年騎士。消沈する団員を元気づけるように、果実水《かじつすい》を配って明るく話しかけていた。後半の作戦についてベアトリスと意見を交わし、最後まで諦めないで戦おうと拳をあわせていた。

あんなことをしでかす雰囲気《ふんいき》など微塵《みじん》もなかった。その心になにがあったのか本当にわからない。国や騎士団を思う気持ちか、口に出せなかったベアトリスへの恋情か。

だけど終了の銅鑼《どら》が鳴ったとき、デニスは国旗に包まれて横たわっていた。ベアトリスはどうしてと、泣きながら首をふっていて。

「もう無理ね。向こうは十三人でこちらは五人。団長、ここで引きましょう」

ベアトリスが唐突《とうとつ》に口を開いた。

華やかな容貌《ようぼう》には似合わない汗と泥。それでも十分に美しい顔に決意を浮かべ、周囲を見まわす。

「これ以上つづけたら、リーリエ国騎士団は騎士団としての体をなさなくなる。もしもいま別の国に競技会を挑まれたら、取り返しがつかないわ。騎士としての命を失う団員が出るまえに、棄権《きけん》すべきよ」

ゼンメルは腕を組んで考えている。

卓上の戦術図には白と黒の駒《こま》。どう工夫《くふう》しても、白が黒にのまれる光景しか描けない。負傷した団員の手当てをするクリストフは、陣所の前に立てられたリーリエ国旗を見やった。どんな嵐にも頭《こうべ》をたれない白百合《しらゆり》。リーリエ国の誇り高い証《あかし》を、ガルム国の猛禽に差しださねばならないのか。

「ちょっと待ってよ。なに馬鹿なこと言ってんの？」

重苦しい沈黙を破るように、リヒトが立ちあがった。

「棄権なんかしたら、この一年はどうなるんだよ。国中まわって新団員を探して、厳しい訓練と無責任な連中の嫌味に耐えてさ。それにここで引いたらあいつは、デニスはなんのために」

「わかってるわよ！　そんなこと、わたしだってわかってる！」

ベアトリスは声を荒らげる。

顔の脇を手でおさえ、わななくように首をふった。

「命をささげたのがデニスの覚悟なら、それに答えるべきだと思ったわ。だからガウェインの求婚を断った。兄上や貴族たちの要請も無視した。だけどもう嫌なのよ！　わたしのせいでリーリエ国を苦しめるのも、団員が傷つくのも！」

ベアトリスは悔しそうに唇をかむ。

「安全な場所から文句を言う兄上が許せなかった。王族なら国家騎士団員として、国の命運を担《にな》うべきだと思ってたわ。だけど実際はどう？　わたしのせいで無意味な裁定競技会が何度も開催された。領土が奪われ、団員が傷ついてデニスが命を落とした。父王陛下の言うとおり、〈銀花の城《ラルジャン・フルル》〉で大人しくしてたら、こんなことにはならなかったのに！」

「うるせえな。きーきー騒ぐなよ。酒は抜けたが、傷にひびくんだよ」

怪我人《けがにん》同士で包帯を巻きあっている、中年組のヴェルナーが声をあげる。

「やれ甲冑を脱げだ汗を拭けだ、殿下の小言にゃうんざりしてるが、いまの寝言は最悪だ。あの化物のせいで副団長も手がたりねえ。後半がはじまっちまう。わめいてる暇があるなら、手伝ってくれよ」

骨が折れているのだろう。ぶらんとたれ下がった右腕に添え木をあてる姿に、ベアトリスが目をむいた。

「ふざけないでよ。まさかその腕で出るつもりなの？　利《き》き腕が使えないなんて無茶よ。二度と競技場に立てなくなったらどうするのよ！」

「ふざけてるのはそっちだろ。同じ鍋《なべ》の飯を食ってる王女殿下が、意地を通して女官を助けた。デニスの野郎はそんなあんたを守りたくて命をかけた。それなのにおれたちが腑抜《ふぬ》けたけでどうするんだよ」

　ヴェルナーは怒ったように舌打ちする。

　板の間に横たわるものも手当てを受けるものも。ベアトリスを見つめる団員たちは、苦笑を浮かべてうなずいた。

「オリーブの葉は最後の一枚になったって、おれたちの白百合を守る。好きなように飲んで騒いだ。明日死んでもいいように、おれたちはとっくに覚悟を決めてる。心残りを強《し》いて言えば、ロルフに酒と女を教えられなかったことくらいで」

「ふしだらな遊興場へは生まれ変わっても行かないと、何度言えば理解する。記憶力に衰えがあるならば、たしかに老年組と呼ぶべきだろうな」

　陣所の騎士団員がいっせいに視線を向けた。

　気づけば国旗の横に、ロルフとニナの姿がある。

　ロルフは太刀傷の残るサーコートを身につけ、同じく軍衣に身を包んだニナは矢筒《やづつ》を背負い、短弓《たんきゅう》をしっかりと持っている。

　啞然《あぜん》とする騎士団員をよそに、ロルフは落ちついた表情で陣所を見まわした。

　怪我の影響を感じさせない声で、五人か、とつぶやく。

　ニナをしたがえ、ゼンメルに歩みよった。

「負傷した二人とかわります。ガウェインはリヒトとニナに。それ以外は、おれとオドとトフェルで引き受けます」

「ちょっ……ちょっと、ロルフ！」

呆気《あっけ》に取られていたリヒトが、焦ったように駆けよった。

勝手に決めないでよ、てかあんた肋骨三本いってるんでしょ、と騒ぐリヒトに耳をかさず、ロルフはニナの背中を軽くおした。

「あ、あの……」

下を向いて目の前に立ったニナを、ゼンメルは静かに見つめる。

鼻の丸眼鏡《まるめがね》をゆっくりとかけなおした。

「団長のわしにできるのは、団員の装備を調整すること。そして団員の覚悟を受け止めることだけだ」

言葉を探しているようなニナに、自嘲をこめた声で告げる。

「たとえそれがどれほど悲劇的なものであってもな。……日頃から整備をかさねて審判部の検品を受けた甲冑に、不具合が生じるなどありえない。デニスは自らの手で首当ての鋲《びょう》を外し、ガウェインの剣に飛びこんだにちがいない。そう確信しても、騎士の覚悟を受けとめて口をつぐむだけだ」

ゼンメルは戦術図に目を落とす。

四角く描かれた競技場のなかの、黒に比べて圧倒的に少ない白の駒。

「見ての通りの劣勢だ。無事で帰れる保証はない。いいのかね。おぬしの〈覚悟〉は、それに見あうだけのものなのかね？」

「はい」

ニナは迷わずに即答した。

ゼンメルはそうか、とうなずく。

「ロルフの言が上策だろう。ガウェインを倒すにはそれしかない。だが限界だと思ったら潔《いさぎよ》くリーリエ国旗を倒す。それでいいな」

「いいわけないって！」

割って入るように大声をあげ、リヒトがニナの腕をつかむ。

強引に自分の前に立たせた。

戸惑うニナの肩に手をかけ、険しい顔で言いはなった。

「いい加減にしてよ。なに勝手に話を進めてんのさ。ねえおれ言ったよね？　競技場には戻らないでって。戦闘競技会で弓が使えると思ったのは、おれの思いこみだったって」

「わたしがだめなのは、最初からわかってます」

ニナはうつむいて口を開いた。

「自分が一人前にできるとは思っていません。だから皆さんが治療したり、休む間でいいんです。砂時計一反転でも、そのくらいなら」

「軽々しく言わないでよ。さっきみたいに、おれが先に倒れたらどうなるの？　猛禽の前に子兎《こうさぎ》を差しだすのと同じだよ。勝機がない状態で巻きこむわけにはいかないんだ。なにも知らないニナをこれ以上、利用するわけにはいかないんだよ」

「利用？」

リヒトは眉《まゆ》をよせて歯を食いしばる。

言いたくなかった――だけど黙っていることもできない。

甘く端整な顔には似合わない、悲しそうな微笑《ほほえ》み。リヒトは自分をあざけるように言った。

「そうだよ。〈利用〉だよ。おれはおれの後悔のために、ニナを使った。特別な価値があるとか、口では恰好《かっこう》のいいことを言って、そんなのニナをつれ出すための方便で、ぜんぶ自分のためだったんだよ」

「自分のため……」

「審判部は気づかなかった。だけど団長が言ったことは本当だ。去年の裁定競技会でガウェインの剣に倒れた騎士。喉《のど》を裂かれて、絶命の声さえあげることなく死んだ騎士。あいつの死は事故じゃなかった。デニスはガウェインを出場停止に追いこんでリーリエ国を守るために、自分の命を使った。そしてそれは、おれの責任かも知れないんだ」

団員たちは厳しいまなざしをリヒトに向ける。

ふざけんな、あいつの覚悟はあいつのものだろ、と次々にかけられた否定の声。けれどリヒトは首を横にふった。

「攻撃が得意な騎士と組んでおれが守りに徹するって、考えたのはデニスなんだ。デニスはおれと反対で、攻撃は上手《うま》いけど防御が下手《へた》だった。ガルム国との競技会に連敗したあと、あいつは提案したんだ。ガウェインに勝つために、自分の〈盾〉になってくれないかって」

「リヒトさんが……盾に……」

「おれは即答できなかった。優秀な騎士の証《あかし》は破石数だ。おれは母親がくれた〈リヒト〉の名前を、特別なものにしたかった。母親を蔑《さげす》んだ奴らが否定できないほど有名にして、誰にも消されないようにしたかった。シレジア国での思い出を、母親と暮らしたあの日々を守りたかった」

それがおれの〈覚悟〉だったから、とリヒトは絞《しぼ》りだすように言う。

「でも母親のためだけじゃないよ。おれはおれ自身のためにも、観覧台で見学している奴らを見返せる名誉が欲しかった。酒場女の息子なんて二度と言わせないって、くだらない自尊心でさ。おれの迷いを察したデニスは、やっぱいいやって笑った。変なこと言ってごめんなって。そしてデニスは死んだ。自尊心どころか命まで捨てて、リーリエ国を守った」

「リヒトさん……」

「デニスの提案を受けたらガルム国に勝てたのか、あいつは死なずにすんだのかわからない。だけどおれはすごく後悔して、デニスがくれた一年を過ごした。あいつの死を無駄にしたくない。あいつの覚悟に報いるためになにができるか考えて——それでニナを見つけた」

啓示のように思えたよ、とリヒトはニナの弓を見る。

死んだデニスと同じ、自分が盾となって支えられる存在。

「だからおれは、ニナを利用したようなものなんだ。おれの後悔のために道具として、文字通り〈弓〉にした。……それだけでも酷《ひど》いのに、危険な目にあうってわかってるこの状況で、出場させるわけにいかないよ」

——道具として利用した。

ニナの胸がつまったように苦しくなる。

リヒトが声をかけたのは、それはニナが道具だったからなのか。自分の不得手をおぎなうための手段で、後悔をなくすための武器で。

でも、だけど。

「道具でも利用でも、いいです」

考えるより前にニナはそう言っていた。

リヒトがどんなつもりでも、ニナを見つけてくれた事実が消えるわけじゃない。おれが探していたのは君だったと、とびきりの宝物があると、あの言葉が色あせるわけじゃない。

――だって初めてだったのだ。

戦闘競技会では使えないと馬鹿にされ、一生そのままだと思っていた。リヒトに出会わなかったらいまごろは、ツヴェルフ村でカミラに怒鳴られ、雑用に追われていたはずだ。兄への後悔を胸にかかえ、その左目から顔をそむけ。兄が騎士であることの〈覚悟〉を知ることも、なかったはずだ。

胸の奥に眠っていた思いを。

変わりたいと――いまの自分がいやだと。

誰かの役に立ち、認めてもらえる存在になりたいと願っていた自分に、気づかなかったはずだ。

だから利用でも道具でもいい。

リヒトのためにできることがあるなら、それでいい。

――それに、わたし自身が。

ニナはベアトリスに視線を向ける。

痛みに耐えるような顔でニナを見つめるベアトリスの姿に、背中で感じた指の感触を思いだす。

ガウェインと会った競技会前。表面的には毅然《きぜん》と振舞いながら、けれどベアトリスの指はふるえていた。

郊外の林で助けてくれた美しい手。団舎の競技場や食堂で、気づかってくれた優しい手。それが恐ろしい猛禽に奪われると思ったとき、ニナの心にある感情が起こった。

生まれて初めて自覚したかも知れない、その感情はたしかな意思となって、ニナの矢尻から迷いを消したのだ。

ニナは拳をにぎり、はっきりと言いはなった。

「わたしは、わたし自身が、ガウェイン王子を許せません。ベアトリス王女を苦しめることも、ガルム国のやり方も」

「ニナ……」

「だからお願いです。どうかわたしといっしょに……わたしの盾になってください。がんばります。一生懸命、がんばりますから！」

リヒトは呆気にとられたようにニナを見た。

背伸びをするように自分を見あげる、小さな身体《からだ》は逞《たくま》しさとは無縁だ。だけど青海《あおうみ》色の瞳はどこまでも澄み、そして力強く輝いている。生まれ育った西の国の海。空腹に泣いた日も母を亡くしたときも。純粋な美しさで自分を包んでくれた、あのシレジア国の海のように。

リヒトは口元をおさえて横を向いた。

はあ、と熱っぽいため息をつく。もう耐えられないというふうに、首をふった。

「どうしよう。ニナが可愛《かわい》いのは普通だけど、いまはやたらとかっこよく見える。おれ、こんなに情けないのに。なんかすごい、恥ずかしい」

「か、かっこいい？」

面食らうニナの目の前で、リヒトはすっと片膝をつく。

はじまりは全部——膝を折ったリヒトの言葉から。

「リーリエ国の騎士として、騎士のニナにお願い。不甲斐《ふがい》ない盾も勇敢《ゆうかん》な弓があれば強くなれる。その知恵と勇気を、どうかおれにかしてください」


「歯応えのない木偶《でく》ばかりで飽きてきたところだが、辛抱《しんぼう》はするものだな」

ガウェインは嬉しそうに笑った。

リーリエ国騎士団は後半開始早々、一群となってガルム国騎士団へと向かった。

リーリエ国五人に対し、ガルム国は十三人。すぐさま包囲しようとしたガルム国騎士団を、ガウェインが片手をあげて止める。

リヒトの背後にニナの姿を認めると、おれの獲物だ、と周囲の騎士をさがらせる。

「怯《おび》えて巣穴に逃げ帰った子兎が、わざわざ餌《えさ》になりにくるとはな。殊勝《しゅしょう》な心構えだが、おまえはおれが恐ろしくないのか？」

猛禽類の目で見すえられ、ニナの全身を戦慄がはしった。

だがニナは後ずさったりしない。

右手で背中の矢を引き抜き、左手の弓にそわせながら言った。

「もちろん、怖いです。でもわたしは、あなただけが怖いんじゃ、ありません」

「なに？」

「わたしには怖くない人なんて、いないんです。自分より大きい人は、みんな怖いです。怖いのは慣れているんです。だから、平気です」

「は！　子兎が、金の百合の傲慢《ごうまん》さでも気どるつもりか！」

ガウェインの大剣が風を起こし、リヒトが呼応するように地を蹴った。

激しい金属音が間断なく鳴りひびく。

午前の競技から砂時計にして九反転。すでに身体は限界だったが、リヒトは足を止めなかった。ここまで来たら役目をはたすだけだ。なにより背後には、己を守る術《すべ》のないニナがいるのだ。

膝が崩れそうな重い一撃を剣で受けとめ、盾で薙《な》いで攻撃を加える。荒ぶる巨体を少しでもおさえ、ニナが命石《めいせき》を狙いやすいように。

競技場の西では、ロルフがガルム国騎士と対峙《たいじ》していた。

西方地域で十指《じっし》に入ると言われるロルフであっても、三倍を越える数のガルム国騎士を相手にするのは不可能と思われた。ましてロルフは肋骨を折っている。本来なら安静が必要な身体で、青ざめた顔には脂汗《あぶらあせ》が浮いている。

だがロルフは脇を固めるオドとトフェルが驚嘆《きょうたん》するほどの剣技を見せた。

手負いの狼の底力なのか、疾風のような剣筋はなんの迷いもない。長年の鬱屈《うっくつ》から解放されたように生き生きと。天与の瞬発力に恵まれた長身は、視認できない身動きで競技場を駆けぬける。

砂時計が一反転し、トフェルとオドが打たれてもロルフは怯《ひる》まない。

一人。また一人。さらに一人。

まるでビスケットでも割るように命石を砕《くだ》いていく姿に、観客席から大歓声があがる。

ガウェインは、ち、と舌打ちした。

退場を告げられ、西の陣所へと戻るガルム国騎士を冷たい目でみやる。

虫けらが自分に逆らい、情けない蛆虫《うじむし》は役に立たない。その憤怒《ふんぬ》をぶつけるように、渾《こん》身《しん》の一撃が競技場の土を巻きあげる。

「！」

盾と大剣を交差して防いだリヒトを、圧倒的な巨体で押しつぶさんと圧しかかった。強引に決めようとしたガウェインの頭部が、ニナの視界にさらされる。

ニナは即座に反応した。

兜《かぶと》の頭頂部に輝く赤い命石に狙いをさだめ、ほぼ同時に矢羽根を放す。

弓弦《ゆんづる》が鳴り、放たれた矢が一直線に命石へと向かった。

射ぬける！

ほとんど確信を抱いたニナだったが、ガウェインの巨体が瞬時に動く。

「⁉」

ニナは青海色の目を衝撃にみひらいた。

獰猛《どうもう》そうな前歯がギリギリと鳴る。ガウェインは憤怒の形相《ぎょうそう》で、ニナが放った矢を咥《くわ》えていた。

「そんな……」

──矢尻を、歯で止めるなんて。

ガウェインはぺっと矢を吐きだす。

鮮血とともに下の前歯が一本、砕けたように抜け落ちた。

信じがたい光景に動きを止めたリヒトとニナを、赤い猛禽と恐れられる騎士は見逃さない。うなりをあげた盾がリヒトの腹を打つ。体勢を崩したその頭部を、容赦《ようしゃ》のない大剣が一閃《いっせん》した。

「リヒトさん！」

吹き飛ばされたリヒトの身体から、はずれた兜と粉々に砕けた命石が散った。

審判部が角笛を吹く。つづけてもう一度、角笛が鳴らされた。

ニナが視線を向けると、最後のガルム国騎士と相打ちになる形で、ロルフが命石を割られたのが見えた。

この時点で競技場に残された騎士は、ニナとガウェインのただ二人。

――わたしだけ。

ニナの全身に鳥肌が立つ。

恐怖に後押しされ、反射的に矢を放った。

けれど狙いがさだまらない。ニナの矢は甲冑《かっちゅう》に弾かれ、虚《むな》しく空をはしっていく。焦ったように打ちつづけ、やがて矢筒《やづつ》に伸ばした手が最悪の事態をさとった。

無我夢中で矢を放った。背中の矢筒にはもう、一本の矢も残されていなかった。

「これで存分に楽しめるな？」

ガウェインはにやりと笑みを浮かべる。

散らばる落矢を踏みつぶし、ゆっくりとニナに近づいてくる。

「安心しろ。殺しはしない。おまえの悲鳴を長く味わうために、まずは手足の指を順番に折ろう。爪を剝《は》いだら次に顔を……ああ、実にうまそうな目玉だな。くり抜いて、飴玉《あめだま》のように舐《な》めてやろうか」

「ゼンメル団長！」

競技場から出たリヒトが東の陣所を見て叫んだ。

勝機は去り、盾を失った弓がひとり。このままではおぞましい惨劇《さんげき》がはじまることは必至だ。

ゼンメルはすでに団旗の前にいる。

陣所で横たわる団員や、傷の手当てをしている副団長らは、納得の表情でうなずいた。

ガウェインの前に立ちつくすニナを見たベアトリスが、早くして、と悲鳴のような声をあげる。

ゼンメルが団旗の支柱に手をかけた、そのとき。

「待ってください！　棄権《きけん》してはだめです！」

ニナは空《から》になった矢筒を投げすてる。

そのまま走りだした後ろ姿を茫然《ぼうぜん》と見おくり、待ってはそっちでしょ、なに言ってんの、とリヒトが首を横にふった。

血相を変えて競技場内に入ろうとしたリヒトを、同じく場外に出ていたトフェルとオドが大急ぎで止める。

命石を失った騎士が競技場内に入るのも、相手騎士に攻撃を仕掛けるのも、出場停止などの罰則が科される反則だ。そんなこと知るか、離せ、と暴れるリヒトに、胸をおさえて座りこむロルフが声をかけた。

「待てという以上は待て。国家騎士団員でいることも裁定競技会への出場も、覚悟をもった妹の意志だ」

「なに冷静に言ってんのさ。あんたはニナがどうなってもいいのかよ！」

「兄としては即座に飛びこみ、忌《い》まわしい猛禽の視界に二度と入らぬようつれて帰りたい。だが騎士としては、同じ騎士である妹の覚悟を尊重したい。見た目は似ていなくとも心はおれと同じだ。破石王アルサウの勇敢《ゆうかん》なる子孫だ」

「だけど、逃《に》げてるだけじゃ！」

リヒトは眉《まゆ》をよせて競技場を見やる。

ニナはまさか終了時間まで走りつづけ、同数での再延長競技を考えているのだろうか。けれど最低限の基礎体力をつけたとはいえ、もともとが砂時計一反転も耐えられない足だ。しかもこの炎天下で、無尽蔵《むじんぞう》の持久力を誇るガウェインを、振りきれるはずがない。

リヒトだけではない。競技場を囲む観客のほとんどが、ガウェインから逃れるニナを絶望的な表情で見ていた。気の弱い婦人のなかにはすでに、八つ裂きにされるニナを想像して顔をおおっているものさえいる。

──時間は……時間は、まだ。

審判部が砂時計を手にしていないのを横目に、ニナは懸命に走る。けれど予想通り競技場の半分も行かないうちに、その動きは覚束《おぼつか》なくなってきた。

苦しそうにあがる顎《あご》と、懸命にもがく手。ガウェインは小動物を狩る快感を堪能《たんのう》しているのだろう。薄笑いを浮かべながら、じわりじわりと接近していく。

競技場のなかを右へ、左へ。矢を失った弓をそれでも離さず、ふらふらと走るニナは、やがて角へ追いこまれる。

頃合いだと思ったか、ガウェインが一気に距離をつめた。

ニナの身体《からだ》がつんのめるように前へと転がる。

リヒトが叫び、観客から悲鳴がもれた。

しかし──

「……？」

身を起こして振りむいたニナは、弓に矢をつがえている。

ガウェインは怪訝《けげん》そうな顔をした。

矢はすでにつき、矢筒も投げすてたはずだ。それなのになぜ。

そしてはっと、悟る。

「おまえは、まさか落矢を探して」

この小娘は逃げていたのではない。砂時計が過ぎるのを待っていたのでもない。

この小娘は競技場を走り、自分がはずした矢を探していたのだ。

ならばいまも転んだのではなく、落矢を見つけて――


「！」


銀の軌跡が空をつらぬいた。

頭上に衝撃を感じたガウェインは、己の身に起こったことがわからない。

百を超える戦闘競技会に参加し、百名以上の騎士をつぶしてきたガウェインは、命石を奪われたことなど数えるほどしかなかった。

ガウェインが事態を理解したのは、目の前を落下する命石の煌《きら》めきを見たとき。一瞬の静寂のあとに世界を包んだ、地鳴りのような歓声を耳にしたときだった。

審判部が片手をあげて角笛を吹く。

ガウェインの退場を告げると、砂時計の残り時間を確認し、両手をあげて合図した。

決着をしらせる銅鑼《どら》が、競技場の周囲から高らかに鳴らされる。


「か……勝った……？」


競技場に座りこみ弓を放った姿勢のまま。

茫然とつぶやいたニナの目の前には、割れた命石が転がっている。

ニナは赤い欠片《かけら》を手にとった。

四女神《デア・ファアトス》に鎮《しず》められた炎竜の涙とも言われる宝玉。溶岩のような鮮烈な赤色に、あのときのことを思いだす。

森の奥で幼い自分の前に立ちはだかった山熊の目は、ちょうどこんな赤色だった。放心したようなガウェインの巨体と、記憶のなかの山熊がかさなって見える。

あのときのニナは無力だった。助けに来たロルフが片目を奪われる光景を、ふるえて見ているだけだった。

だけどいまの自分はちがうのだ。

自分はやっとあの獣を倒すことが――弱い自分から変わることができた。

身体が小さくても力がなくても。剣が使えなくても走れなくても。戦闘競技会では役に立たないと言われた弓で、誰かを守ることができたのだ。

気がつけば世界は歓声に満ちている。

興奮したように立ちあがり、声をかぎりに叫ぶ観客たちにニナを笑うものはいない。馬鹿にするものも、蔑《さげす》むものも。

よくやった、いいぞ、なんて勇敢《ゆうかん》な子供だ、いいや騎士だ、小さいがあの子は、リーリエ国の見事な騎士だ――

ニナは割れた命石を抱きしめる。

長く空洞だった部分にやっと、ようやく与えられたものを噛《か》みしめるように。

「いい気になるのもいまのうちだぞ小娘。この競技会で勝ったとて、その勝利に意味などない」

ぞっとするほど低い声が聞こえた。

ニナが顔をあげると、ガウェインが太陽をさえぎるように立っている。

影となっている表情はわからない。けれど両肩は異様に盛りあがり、獣毛のような赤い髪は小刻みに揺れている。

ニナはおそるおそる問いかけた。

「どういう意味ですか？」

「戦闘競技会は最高の制度だな。火の島《イグニス・インスラ》の平和を願い国家間の戦争を永遠に禁じた、その結果がこの世界だ。正しいものが勝つのではなく、勝ったものが正しい。矛盾《むじゅん》した世界においては強さこそが正義となる。おれを化物扱いするガルム国王家とて、おれの破石数のまえには卑屈《ひくつ》に媚《こ》びへつらうしかない」

ガウェインは薄暗く笑った。

「ガルム国はふたたびリーリエ国に裁定競技会を仕掛けるぞ？　国家間の些末《さまつ》な揉《も》め事などいくらでもある。金の百合が傲慢《ごうまん》さを悔い、涙を流してしたがわぬかぎり、この地獄はつづくのだ。恨むなら、崇高《すうこう》な理念で矛盾に満ちた世界をつくった、最後の皇帝を恨むがいい」

ニナは命石をにぎる手に力をこめる。

ガウェインの主張は悲しいけれど正しい。だからこそゼンメルは、騎士としての覚悟を語ったのだ。

ガウェインの蛮勇《ばんゆう》を背景に、戦闘競技会制度を利用するガルム国を罰するものはない。いたぶることが目的のガウェインの戦い方を、止める方法もない。

――だけど。

「わたしは、最後の皇帝を恨んだりしません。もしもまたガルム国と競技会になるなら、国家騎士団として戦うだけです」

「なに？」

「戦闘競技会に矛盾があっても、戦争の地獄とは比べ物にならないとゼンメル団長は仰《おっしゃ》いました。世に完璧《かんぺき》なものはない、だから与えられたもののなかで精一杯に努力するのだと」

ニナはガウェインを恐れずに見あげた。

「あなたはたしかに強いです。だけどあなたやガルム国のやり方はまちがっていると、わたしは思います。それを正す方法が競技会しかないなら、逃げません。弱くても、知恵と勇気があればきっと――」

言葉が終わるのを待たず、ガウェインがニナを殴《なぐ》りつけた。

兜《かぶと》が飛び、手にしていた命石が落ちる。呆気《あっけ》なく倒れた身体を、髪をつかんで引きあげた。

リヒトが走りだし、はね起きたロルフが大剣を右肩に掲《かか》げた。ガウェインは苦悶《くもん》にゆがむニナの顔を、冷たくねめつける。

「小娘ごときが生意気に意見する気か。おれは弱いくせに賢《さか》しらな顔をする奴らが、我慢ならんのだ。身のほど知らずな虫けらの増長を許すほど、おれは気が長くないわ！」

怒声とともに小さな身体を放りあげる。

夏空に舞ったニナの甲冑に、陽光が反射した。大剣をかまえたガウェインは、落ちてくるところを切り刻もうとしたのだろう。目をぎらつかせたガウェインの背中を、ロルフが投げた大剣が強打する。

「――！」

巨体がぐらりと揺れた間に、駆けつけたリヒトがニナを横抱きに受けとめた。

けたたましい角笛が鳴る。競技場を囲む審判部が、ガウェイン目がけて殺到した。

違反行為を指摘して競技場を出るように指示した審判部を、ガウェインは激情のままに叩きつぶす。

観客席が騒然とした。

居館や城壁内からザルブル城の警備兵が集まり、トフェルとオドが加勢に走る。あたりは大混乱になった。

「ニナ、ニナ、大丈夫⁉　ああ畜生《ちくしょう》、頭を殴るなんて酷《ひど》いことを！　痛いところは？　おれがわかる⁉」

リヒトは腕に抱いたニナを覗《のぞ》きこむ。

ニナは薄目をあけて答えた。

「だ、大丈夫です。少しくらくらしますけど、兜があったので」

リヒトは腰が抜けたように肩で息を吐く。

よかった、もうおれ心臓が止まるかと、と声をふるわせ、ぎゅっと強く抱きしめた。

審判部と乱闘になっているガウェインを横目に、リヒトはニナをかかえて陣所に戻る。

陣所では中年組が、包帯や傷薬を投げだして勝利の喜びに沸いている。祝い酒だ、死ぬほど飲むぞ、死んでも飲むぞ、と騒ぐヴェルナーらを、副団長が怪我《けが》に障るからと落ちつかせている。

リーリエ国旗の横に立つゼンメルは、リヒトの腕からおりたニナをしみじみと見やる。

矢筒を捨てたニナの姿に、ゼンメルもまた反撃を諦めたと判断したのだろう。わしもまだ調整の余地があるなと、丸眼鏡《まるめがね》をかけなおした。

副団長を呼んでニナの頭部を診させる。大きな異常がないのを確認したところで、ゼンメルは審判部に網をかけられるガウェインを遠く眺めた。

ふん、と鼻を鳴らし、順番に指を折る。

「これは数えるのも面倒な事態だな。競技会終了後の攻撃は規則に違反する。審判部への暴行は運営妨害、ならびに裁定競技会結果への受諾《じゅだく》拒否となる。場合によっては制裁的軍事行動の対象となる蛮行だ。私益のための裁定競技会開催と、暴行を主目的とした戦い方は規律違反ではない。しかし心象は悪いだろう」

「あの、なんのことですか？」

ニナがたずねると、ゼンメルは副団長と顔を見あわせる。

ざっと計算して五年ですね、と副団長はうなずいた。ゼンメルは我が意を得たりと、口の端をあげる。

「ガルム国の赤い猛禽はおぬしや審判部への暴行で、向こう五年間の競技会出場停止処分が科されるだろう。戦闘競技会制度をいいように使ってきた本人が、今度はその制度により、牙を奪われるというわけだ」

「それじゃあ、リーリエ国は」

「少なくともその期間は、ガウェインに怯《おび》える必要がないということだ。疲弊《ひへい》した国家騎士団も五年もあれば再建できる。今回の勝利は表面的には、領土の帰属を決しただけだ。だが結果として国家騎士団を助け、ベアトリス王女殿下を守り、そしてリーリエ国そのものに平和をもたらしたことになる」

ゼンメルはあらためて競技場を見わたした。

網で巻かれて引きずられていくガウェインに対し、観客からは歓声と怒号と、日傘や遠望鏡が投げ入れられている。

「〈見える神〉たる国家連合でも構成するのは人の子だ。赤い猛禽の報復を恐れ、裁定競技会の悪用にも、非道な競技会運びにも見て見ぬふりをした。だが仮にガルム国が処分に異議を申し立てても、今回の蛮行は観客たちが一部始終を見ている。五千人をこえる観客の口を封じることはできまい。金の檻《おり》で飼いたいなどと、実際に籠《こ》められるのは奴自身だったな」

陣所の奥からベアトリスがあらわれた。

ガウェインに捕まったニナの姿に悲鳴をあげ、耳をふさいで屈みこんでいた。金の髪を振り乱した顔で、自分の足で歩くニナをまじまじと見る。

「ニナ……ニナ！」

ベアトリスは両手を大きく広げて抱きついた。

よく無事で、よかった、あなた、すごいわ、なんて――感極まったように声をふるわせる。大きな姉が小さな妹にすがりつくように。

やがて顔をあげたベアトリスは、その視線をリヒトに向けた。

交わされた笑顔はすぐに涙に変わる。泣きだしながら胸に飛びこんだベアトリスを、リヒトはしっかりと受けとめた。嗚咽《おえつ》をもらす頭に頰《ほお》をよせ、幸せを嚙《か》みしめるように、わななく背を何度もさする。

ニナは眩《まぶ》しそうに目を細めた。

固く抱擁《ほうよう》しあうふたりの姿に、胸の奥がなんとなく痛んだ気がする。ほんの少しだけ寂しい気もする。だけどそれをうわまわる幸福感が、ニナの心を満たしている。

——だってリヒトが喜んでいる。

だからよかった。本当に——本当によかった。

魔法をかけてくれたあなたに、恩返しができたなら。

大好きなあなたのために、少しでも役に立てたなら。

「え?」

ニナはぱちぱちと目をまたたいた。

——大好き……って。

首をかしげて言葉の意味を考える。

その顔がみるみる朱色に染まっていく。

小さな手で口元をおさえ、ニナはどうしよう、というふうに首をふった。

初めての王都が楽しかったのも、軽口に過剰《かじょう》なほど反応してしまったのも。ドレスを駄目にして悲しくて、見てしまった抱擁になんとなく胸が痛んで。道具でもいいから役に立ちたいと思った。幸せそうな姿に切ないほど嬉しくなった。

「わたしは……だから……」

審判部の手伝いをしていたトフェルとオドが、ロルフに肩をかしながら戻ってきた。

トフェルはニナを見るなり喜びを爆発させる。さすがおれの玩具《おもちゃ》だ、と背後から抱えあげ、悲鳴をあげる身体《からだ》を夏空にほうり投げた。

ふらつくニナを助け出したオドは、そっと頭をなでてくれる。そして甲冑《かっちゅう》の胸元からプレッツェル――ではない。小さいけれど凛《りん》と気高い、鈴蘭《すずらん》の花を贈ってくれた。

ロルフの視線に気づいたニナは、獣傷の刻まれたその顔を、まっすぐに見つめ返している自分を自覚した。

ロルフは静かな目でニナを見ている。

見事だ、というふうにうなずいて姿勢を正した。拳を肩にあてて立礼をしたロルフに、団員たちが次々にならう。

「え？　あの」

ニナは鈴蘭の花に赤らんだ顔を埋める。

やがておもはゆそうに、騎士の礼をかえした。

リーリエ国とガルム国の裁定競技会は、リーリエ国の勝利で幕を閉じた。

帰属が問われたハイネケン地方はリーリエ国の領土として公認され、国家連合により正式な布告がくだされた。競技会規則に反したガウェインには、副団長の見立て通り、五年間の出場停止処分が科された。

ガウェインを頼りに強気な外交姿勢で利を得ていたガルム国には、恫喝《どうかつ》手段を失ったことで、戦闘競技会制度の本来の機能が及ぶようになった。シュバイン国が貸していた麦の即時返還を求め、裁定競技会を申し立てたのだ。

赤い猛禽を欠いたガルム国は敗北した。国家連合の審判には逆らえず、麦はただちに返済されるに至ったらしい。

国難から逃れたリーリエ国だが、安堵《あんど》のなかで奇妙な出来事が起こった。〈銀花の城〉の王子の居室前に、薄汚れた兜や盾が数個、遺棄《いき》されていたのだ。

何者かの悪戯《いたずら》なのか、樽型兜の中央には矢で射ぬかれたような痕が残っていたという。よほどおどろいたのだろう。一報を受けた王子は階段から転げ落ち、手足を骨折する重傷をおったそうだ。不快な品々は一片も残すことなく廃棄処分され、側近の兵士が何名か、責任をとる形で国境砦へと左遷《させん》された。

リーリエ国を荒らしていた奇妙な野盗《やとう》は、それ以来、姿を見せることはなかったという。

終章

間にあわない、と思ったときには額に衝撃を感じていた。

どんと背中が打ちつけられる感触と、革鎧《かわよろい》の上から腹を踏まれる痛み。青空を背景に見おろしてくるカミラの姿――たしかな既視感《きしかん》。

「なによ。騎士団に入って少しはましになったかと思ったのに、ぜんぜん案山子《かかし》のままじゃない。あ、そっか。騎士団の勧誘なんて表向きで、下働きに雇われてたんだっけ？」

村外れの訓練場。ベンチでは二人の少女が、くすくすと笑っている。

「でも下働きでも、あんたを選ぶ気持ちが理解不能ね。あの軽そうな金髪男、目がどうかしてたんじゃない？　こんな貧弱なチビ、村仕事も家事も、一人前の働きなんかできないのにさ」

カミラはニナの腹から足をどける。

放つ機会のなかった弓を握りしめ、ニナは身を起こした。ぜえぜえと荒い息を吐く小さな身体を、カミラは冷たく見おろす。

「ほんと、こんなのにロルフと同じ血が流れてるなんて、嘘みたい。〈隻眼の狼《アイン・ヴォルフ》〉は先月の裁定競技会で破石数《はせきすう》二桁《けた》の大活躍をしたって話なのに。まあガルム国の〈赤い猛禽《ブルート・フォゲル》〉を倒したのは、あんたと似たような名前の……なんだったかしら？」

ニーナだっけ、ニーニャじゃなかった、と少女たちが顔を見あわせる。

カミラはまあいいわ、と鼻を鳴らした。

「なんでも奇妙な飛び道具を使う少年騎士らしいわね。小柄だけど勇気があって、たったひとりで〈赤い猛禽〉に立ち向かったそうよ。おなじチビでも大分ちがうのね」

うつむいたニナは手をもじもじさせる。

団舎から村に帰還して一カ月後の九月上旬。

ニナはいまだに国家騎士団に仮入団して裁定競技会に出たことも、その〝少年騎士〟が自分だということも、明かしていない。

なんとなく言いづらいのが半分。もう半分は国家騎士団の守秘義務と、仮入団で終わったならば話す必要はないと考えた。両親にも〈クレプフェン騎士団〉では基礎訓練で音《ね》をあげてしまい、ほとんど雑用係だった、と伝えてある。

したがってツヴェルフ村でのニナは、短弓《たんきゅう》しか扱えない貧弱な少女のままだ。弱小騎士団でも務まらなかったと馬鹿にされても、ニナこそが〈赤い猛禽〉を倒した張本人《ちょうほんにん》だと思うものはいない。

カミラは少女たちを気取った様子で見まわした。

「案山子は相変わらずだし、ラント子爵杯の参加者は予定通りでいいわね。ほんと町の競技会って、どうして畑の繁忙期《はんぼうき》にあるのかしら。まあわたしも、傷んだ昼食を食べなければ今度は……なによ。なんか文句でもあるの？」

あの、と上目づかいに見てくるニナに気づき、カミラは声をとがらせる。

二人の少女は意外そうな表情をした。

怯《おび》えた顔で首を縦にふるだけのニナが、カミラの決定に口を挟むなど、これまで一度もなかったのだ。

注目を浴びたニナは肩をすくませる。言葉を選ぶように口を開いた。いわく――二対二でもう一回やって欲しい。自分が弓で攻撃するので、カミラにはその間、盾として自分を守って欲しいと。

訓練場に嫌な沈黙が流れる。

少女たちは唖然《あぜん》と顔を見あわせた。

こめかみをひくひくとふるわせ、カミラは爆発したように声を荒らげる。

「馬鹿じゃないの！　ねえ、あんた本当にどうしようもない馬鹿ね！　このわたしに盾になれですって？　信じられない！　役立たずのチビが、何様のつもりなのよ！」

ニナはぶたれたように縮みあがった。

けれど涙目になりながらも言いつのる。カミラはすごく強いから、きっとできると思う。一度だけ、試すだけでもいいから――

カミラはふーっと鼻の穴を膨《ふく》らませる。

いいわ、わかったわと、吐き捨てた。

「そこまで言うならやってあげるわ。ただしその前に、あんたの弓がどれだけ使えるか見せなさいよ？　動かない果実を落とすのと、騎士の命石《めいせき》を打つのはちがうんだからね。――そうだわ」

カミラはベンチのバスケットを手にした。なかには訓練の合間に食べる果物や、汗拭き布が入っている。

命石と同じほどの大きさのプラムを手にする。不安そうなニナを見て告げた。

「これを投げるから、地面に落ちる前に射ぬいて。このわたしに盾になれって頼むなら、簡単にできるでしょ？」

カミラはプラムをほうり投げる。

戸惑ったニナだが、身体は即座に反応した。三カ月とはいえ国家騎士団で訓練をかさね、〈赤い猛禽〉と恐れられる巨大な騎士と対決したのだ。

背中の矢筒《やづつ》に右手をのばし、弓をかまえて放つまでは瞬きの間。カミラが眉《まゆ》をあげたときには風音が鳴り、プラムがてんてんと足元に転がっている。

カミラは矢の突き刺さったプラムを呆然《ぼうぜん》と見る。

はっと我に返ると嫌な笑いを浮かべた。

「ぐ、偶然にしても運がいいわね。でも今度は、そうはいかないわよ！」

カミラは立てつづけにプラムを放った。

応じるように風音が鳴る。矢の刺さった果実がどさり、どさりと落ちてくる。

大樹を越えるほど高く投げても、夏空を滑空する鳥より速く投げても。肩でぜえぜえと息を吐いたカミラは、癇癪《かんしゃく》を起こしたようにバスケットを投げ捨てた。

ニナを睨《にら》みつけると、ふんと鼻を鳴らしてそっぽを向く。

「馬鹿馬鹿しい！　考えたら攻撃しない的《まと》を打ったって、実力は計れないわ。果物を落とすのがうまいのは認めるわよ。だからいつも通り補欠として、競技会の準備をしてよね。はちみつ漬けはプラムと林檎《りんご》を十個――三十個ずつよ！」

カミラは行きましょう、と少女たちに声をかける。

ニナの弓技をぽかんと眺めていた少女たちは、視線を交わした。

互いが同じ気持ちであることを察する。ニナをちらりと見やり、口を開いた。

「ねえカミラ、さっきの提案だけど」

「駄目もとでも一度、試してもいいいんじゃないかしら、なんて」

カミラはなんですって、と気色を変える。

少女たちは胸の前に出した手を、あわててふった。

別にカミラの腕に不満はないの、ナルバッハ村の騎士団に勧誘されたくらいだものね、ただカミラは力任せに振りまわすだけで、競技会じゃ勝ち切れないこともあるし。

ニナはおどろいた顔で少女たちを見た。

――いままではカミラといっしょに、わたしを笑っていただけなのに。

ナルバッハ村じゃなくて街よ、と怒鳴って身をひるがえしたカミラを、少女たちが追った。

放牧地の向こうに消えていく後ろ姿を見おくり、ニナはほっと息を吐く。結局は聞き入れてもらえなかったけど――でもほんの少しだけ、なにかが変わった気がした。

訓練場に投げだされた大剣や果実を拾いながら、ニナはこれからのことを考える。

カミラには断られたけれど、思い切って近隣の騎士団をたずねてみようか。相手にされないと思う。でもなかにはひとりくらい、リヒトのようにニナの盾になってくれる騎士がいるかも知れない。兄が年末に帰省したら、相談にのってもらおうか。

――あの日から一カ月です。兄さまの胸の怪我《けが》も、そろそろ治ったころでしょうか。騎士団の皆さんも元気でしょうか。きちんとご挨拶《あいさつ》もせずに、団舎を出てしまいましたが。

ニナはぼんやりと大剣を見おろす。

ガルム国との裁定競技会終了後、ニナは深い眠りについた。

力を使いはたしたのだろう。それからこんこんと眠りつづけ、三日後に目覚めたときは団舎の自室の寝台だった。

付き添っていたのは副団長クリストフだ。ほかの団員たちが王城に勝利報告に行っていることを聞いたニナは、急いで出立《しゅったつ》の支度《したく》をはじめた。

戸惑う副団長に退団の手続きを頼み、ハンナや老僕たちに慌ただしく挨拶をすませた。調理場の新人にならないかというハンナの誘いには丁重に頭をさげて、王都を出てツヴェルフ村へと帰った。

そうして村での生活に戻ると、団舎での三カ月間は夢だったように思えてくる。たしかな現実だと示してくれるのが、リヒトに贈られたドレスだ。破れた青いドレスは団舎での日々の名残《なごり》のように、自室の衣装箱にしまわれている。もし近隣の騎士団に入ることができたなら、お金をためてドレスを修繕《しゅうぜん》するのがひそかな目標だ。

ニナは北の空を見あげて目を細めた。

切ないような溜息をつき、プラムから抜いた矢をまとめる。

小川で洗おうと訓練場をあとにすると、村人たちが村の中心部へ走るのが見えた。耳をすませると、遠くに馬のいななきが聞こえる。

騎士団が誰かを勧誘にきたのかと、矢を洗い終えたニナは広場への坂を下っていった。

「経緯は以上だ。あとは本人の意志次第」

「あの子が……そんな、あ、あの子が……」

渡された書類を二度見、三度見し、村長は声をふるわせる。

ツヴェルフ村の広場。前触れもなく訪れたのは村の誇りである〈隻眼の狼〉ロルフ。そして以前にも村にあらわれ予想外の少女を勧誘した、金髪と新緑色の目の青年。

村長はまずロルフと青年がいっしょなことにおどろいた。そして馬をおりて外套《がいとう》を脱いだ彼らの衣装、白百合《しらゆり》とオリーブの葉が描かれたサーコートを見て固まった。

金髪の青年は動揺《どうよう》する村長に近づくと、指輪の印台をあけて見せる。今日は正式のお誘いなので、と示されたのは、軍衣と同じリーリエ国騎士団の団章で。

あの子が、あの子が、とうわ言のようにくり返す村長に、遠巻きに眺めている村人たちが怪訝《けげん》な顔を見あわせた。

ロルフの帰村を知らされて広場に走ったカミラは、金髪の青年の姿に声を失う。

前に来たときは童話めいた騎士団の騎士を名のった青年が、どうしてロルフと同じ服を着ているのだろう。よく似た他人――だけどこんな素敵な顔立ちの青年が何人もいるとは思えない。

だったらあの子が勧誘された騎士団って。

青ざめた顔で口をあけたカミラを、少女たちが心配そうに見やる。

「ニナ！」

金髪の青年が不意に名前を呼んだ。

広場にやってきたニナは、聞き覚えのある声に足を止める。

書類を手に目をこすっている村長と、具合でも悪いのか、魂が抜けたような顔のカミラ。その向こうに兄ロルフとリヒトがいる、と思ったときには、ニナの身体《からだ》はリヒトの腕のなかにあった。

「ニナ、よかった、やっと会えた！」

競技会で命石を奪いにいくよりも素早く。一瞬で飛びついてきたリヒトは、勢いのままニナを抱きしめる。

苦しいけれど温かい感触と、懐かしい匂《にお》い。自分を包む現実が夢ではない自信がなくて、ニナはぽかんと目をまたたいた。

「本当にニナだ！　ニナだよね？　あーもうこれだよこれ、小さくてやわっとしてて最高に気持ちいいこの感触！　一カ月だよ？　一カ月とか、おれもう超寂しくてさ！　これが拷問《ごうもん》なら守秘義務捨てて団舎の場所まで喋《しゃべ》っちゃうくらい、ほんと地獄の日々だったって！」

リヒトはニナの頭に頰《ほお》をすりよせる。

「砂時計一反転だって我慢したくないほど会いたかったけど、団長は正式入団なら手順をととのえろって言うし。裁定競技会に勝ったことで、庶子《しょし》のおれにまで祝典に出ろとかうるさくてさ。〈リヒト〉なら受けるけど〈ラントフリート〉なら出ないって返事したら、使者が団舎に押しかけて迷子になって大騒ぎに」

「いい加減に本題に入れ。それ以上は妹がもたない」

ニナを抱えこむリヒトの身体が引きはがされる。

拘束《こうそく》から解放されたニナが胸をおさえて見あげると、ロルフがリヒトの金髪をつかんでいた。痛い痛い、と悲鳴をあげたリヒトは、いろいろな意味で引いている村人たちに気づく。髪をなでつけ、誤魔化《ごまか》すようにごほんと咳《せき》ばらいをした。

居住まいを正して片膝をつく。

鮮やかな葉色の目で、真っすぐにニナを見つめて告げた。

「気を取りなおして。今日はあらためて勧誘にきました。ニナ、リーリエ国の国家騎士団に、正式に入団してもらえませんか？」

しん――と落ちた静寂。

誰でも想定外の出来事が起こると、思考が停止してしまうものだ。狐につままれたように顔を見あわせる村人のなかには、嘘よ、嘘よ、とわめくカミラの姿がある。

ニナはゆっくりと首をかしげた。

「あなたはリヒトさん、ですよね？」

「うん。やだな、忘れちゃった？　ひっどいニナったら！　おれなんて団舎の鐘が鳴るたびに思いだしてさ。ぐずぐずじたばたしてたのに！　最初は慰めてくれたベアトリスも、三日で飽きてうざいとかいい加減にしてとか」

「あの、そうではなくて。リヒトさん、正式な入団って、なんで？」

「なんでって、ニナはもともと裁定競技会までの仮入団で、その後は結果を見て相談、だったでしょ？　競技会結果は花丸つきで問題なし。団長はもちろん了解で、あとは副団長の事務処理と準備と、ニナの承諾《しょうだく》の返事だけ。なのにニナったら、おれたちが王城に行ってる間に帰っちゃうし！」

　リヒトは恨めしそうな顔をする。

「いつ目が醒《さ》めるかって三日間もへばりついてたのに、空《から》の寝台を見た瞬間のおれの絶叫を聞かせたいよ。なんならここで実演してもいいよ。速攻で追いかけようとしたけど、少しは郷里で休養させてやれって団長は言うし、それで指輪の完成に合わせて――そうそう指輪！」

　リヒトはサーコートの内側から木箱を取りだす。

　箱のなかにはリーリエ国章の指輪がおさめられている。けれどリヒトが印台をあけると、オリーブの葉を加えた団章が刻印されていた。

「ニナ用の〈騎士の指輪〉。大きさは大丈夫だと思うよ。実は王都の古着屋で服を買ったとき、こっそり測ってもらって……」

「ごめんなさい！」

ニナは身をひるがえして走りだした。

唐突《とうとつ》な行動に呆気《あっけ》にとられたリヒトが、我にかえったようにあとを追う。

坂道を遠ざかる小さな背中を眺め、嘘よ、嘘よ、と叫びつづけるカミラに耳をおさえた少女たちは、意外そうに顔を見あわせる。

「あの子……」

「あんなに走れたっけ？」


三カ月ほどまえのニナはリヒトから逃げるとき、なにをしているのか問われるほどの鈍足だった。そのころに比べたらニナの足は、子亀が親亀に成長した程度の速さはある。けれど亀ではやはり狼には敵《かな》わないのだ。坂をのぼりきって小川を渡り、昼寝中の牛の前を走って訓練場についたときには、リヒトの手がニナの腕をつかんでいた。

「待ってよニナ、ねえ待ってってて！　ごめんなさいって、なんで！」

「ごめんなさいはごめんなさいです。わたしには、国家騎士団員なんて無理なんです！」

ニナは小刻みに首をふる。

リヒトはわからないという顔をした。

「無理って……なんで？　だって無理じゃないことは、ニナ自身が裁定競技会で証明したじゃない？」

「と、ともかくわたしは、団舎に戻る気はないんです。そうです。わたしが行かなくても、ほかにふさわしい方が」

「新団員を探せってこと？　ああ、うん。新団員希望者なら、〈赤い猛禽〉がいなくなったことで急に増えたよ。現金だよねえ。領地経営が忙しいとか断ってた子爵家子息から連絡がきたって、ベアトリスが激怒してさ。でもそれがなにか？　希望者がいてもいなくても、ニナが必要なのは変わらないよ？」

リヒトはこともなげに言う。

「おれだけじゃなくて団員たちもだよ。トフェルは物陰からわっと飛びでて誰もいなくて舌打ちしてるし、オドはニナの頭くらいの空間をなでてるし。ニナの世話に調子づいてた中年組は食事のたびに、果物の皮をむけとかパンにバターを塗れとか、ハンナが怒鳴ってベアトリスが呆《あき》れて。それからゼンメル団長は——」

そうではない。そういうことを気にしているのではないのだ。

リヒトに腕をつかまれたまま、ニナは眉《まゆ》をよせてうつむいた。

「ごめんなさい。お気持ちはありがたいんですけど、正式入団するのは本当に無理なんです」

リヒトは困惑の表情でニナを見おろす。

しばらく考えると、はっと思いついたように、声をひそめてたずねた。

「やっぱり〈きつい、きたない、きけん〉の三重苦が問題？　酒臭《くさ》いおやじ連中が嫌なら、髭《ひげ》を剃《そ》らせて風呂にいれて綺麗《きれい》にするよ。大きな悪戯妖精《ニュンフェ》が怖いなら、縄でしばって〈迷いの森〉の奥に捨ててくる。そうでなきゃ……まさかおれかな。抱きついたり持ちあげたり、さりげないふうを装《よそお》って触ったことに怒ってる？　迷子防止って手をつないだり、距離を縮めたくてわざと馬の前にのせたり、そういうのも？」

「……そんなことまでしていたのか」

いつの間にかやって来ていたロルフが、冷ややかな声で言う。

リヒトはばつが悪そうに頬をかいた。直せるところは直すし、謝るところは謝るからと、両手をあわせて頭をさげる。

ニナはいよいよ困惑に顔をゆがめた。

できれば言いたくないし、言うつもりもなかった。だけど悪いのは自分なのに、見当ちがいの謝罪をさせるのも心苦しい。

ニナはうつむいて拳をにぎる。

覚悟を決めて、口を開いた。

「リヒトさんや団員の皆さんが悪いんじゃありません。い、一年くらいお時間をいただけませんか？　すぐにはやっぱり、その、どうしたらいいのか対応策が。だってわたしこんな気持ち、初めてで」

「こんな気持ち？」

「いままでそういうこととは無縁だったので、忘れた方がいいのか胸にしまうものなのか。だから怖くなって、リヒトさんがいない間に逃げてしまって。も、もちろんおふたりの邪魔をする気なんかないです。ガウェイン王子という不安が消えて、リヒトさんとベアトリス王女が恋人として平穏に暮らせるようになって、よかったって思います。だからこれは、わたし自身の問題といいますか」

「……ベアトリスとおれが……恋人……」

リヒトは気が抜けたようにつぶやいた。

ニナは目を潤ませ、リヒトの反応を恐れるように下を向いている。

リヒトはくるりとロルフに向きなおった。

甘く端整な顔に極上《ごくじょう》の笑顔を浮かべて、問いかける。

「ねえロルフ。おれ言ったよね？」

「なんのことだ？」

「なんのことだ、じゃないよ？　ニナが食堂で具合悪くなって、薬湯を届けたとき。部屋の前の廊下《ろうか》でお願いしたよね。何度も何度も――何度も！　念を押して、頼んだよね⁉」

「………………失念していた」

ロルフはふいと視線をそらす。

リヒトはは、と目をむいた。

「なにそのあやしい沈黙！　ていうかあんたと失念なんて、まったく縁がない単語じゃん。失念じゃなくて、故意に黙ってたんじゃないの？」

「そのような大事なことは、自分で伝えろと言ったはずだ」

「だから！　おれの口から伝えたら、いかにも狙ってますみたいでしょ！　警戒されたらやりづらいし、裁定競技会前の大事なときに、気まずくなったらやだったの！　だけどニナの様子見てて、誤解されてたら不味《まず》いなって、すがる思いで頼んだのに！　ああもう、なんだよそれ！　おれてっきりニナには伝わったんだとばかり」

リヒトは屈みこんで頭をかかえる。

ニナは気まずそうな兄とリヒトを見くらべた。

そういえば競技会の日、リヒトに〈あること〉を頼まれたと、兄が言っていたような気が。

「――義姉《ねえ》さんなんだよ」

頭をかかえたまま、リヒトが唐突に言った。

ニナは首をかしげる。

顔をあげたリヒトは、はあ、とため息をひとつ。仕方ないという表情でつづけた。

「ベアトリスはおれの義姉さんなの。おれとベアトリスは、母親ちがいの姉弟なんだよ」

「姉弟って……でもおふたりは、同じ年齢では？」

「父王陛下は美しい花に目がなくて、愛妾《あいしょう》もおれの母親だけじゃなくてさ。誕生月が同じ姉弟がいるなんて、みっともいい話じゃないし、大きな声じゃ言えないなって」

「リヒトさんと王女殿下が、ご姉弟……」

ニナは呆気にとられた顔でくりかえした。

言われてみればたしかに、金の髪も緑色の目も明るさがちがうだけ。華やかな雰囲気《ふんいき》も似ているけれど。

ニナは信じられないというふうに、でもあのとき、と首をふる。

「リヒトさんと王女殿下は抱きあっていて、その、頰《ほお》にキスを。団舎の十字石《じゅうじせき》の前で。だからわたしてっきり、おふたりは恋人だと思って」

「頰にキス？」

「あ、ちがうんです。盗み見るつもりはなかったんですけど、声をかけそびれて結局。でも結果的には盗み見で、その」

リヒトは口元をおさえて顔をそむけた。

ごめんなさいと頭をさげるニナを横目で見ると、しみじみとした声で言う。

「こんなときにあれだけど、頬にキスしただけで恋人とかもう。ニナに〈その手〉の知識を伝えた功労者はクーヘン一年分だね。ていうかやばい鼻血でそう」

「は、鼻血？」

「なんでもないよ。ニナがすんごい可愛《かわい》いって話。それってたぶん、ニナが具合悪くなった日の夜かな。ベアトリスは落ちこむと十字石に愚痴《ぐち》るんだよね。ニナに嫌われたらどうしようって。ベアトリスは純粋なんだけど空気読めなくて、空回《からまわ》りすることが多くてさ」

リヒトは苦笑してつづける。

「ベアトリスはニナのこと、素直で可愛いって気に入っててね。無自覚さにつけこんで触るのは卑怯《ひきょう》だって、いちいち邪魔してうるさいのなんの。でもベアトリスは庶子《しょし》に生まれたのはおれのせいじゃないのに、差別するのはおかしいって庇《かば》ってくれた。だからガウェインからも、絶対に守ってやりたくて」

ニナはようやく気づいたような顔をする。

ベアトリス王女とリヒトが母親ちがいの姉弟で、ということは前に言っていた〈身分のある家〉はつまり、リーリエ国王家ということで。

ならばリヒトは、もしかしなくても。

「お、王子殿下、だったんですか⁉」

「そうだけど、そんなたいしたあれじゃないよ？　父王は〈リヒト〉として王城を飛びだしてからは半勘当《はんかんどう》状態だし、おれを苛《いじ》めぬいた兄王子たちとは命石《めいせき》じゃなくて、命の奪い合いしそうなほど仲悪いしさ」

あっけらかんと答えたリヒトを、ニナはまじまじと見やる。

甘く端整な顔立ちにもすらりとした長身にも品があり、たしかに、王子だと言われても納得してしまうけれど。

ぼうっと見とれているニナの視線と、リヒトの視線がぴたりとあった。

リヒトはにっこりと笑う。

なんとなく身を引いたニナに、ずい、と身をのり出すように近づいた。

「つまんない話は終わり。それよりも――ねえおれ、知りたいな？」

「え？　な、なにをですか？」

「おれとベアトリスを恋人同士だとかんちがいしたニナが、忘れた方がいいか胸にしまった方がいいのか、悩んじゃった気持ちの名前？」

ニナは一気に動揺《どうよう》する。

よく考えても考えなくても、あれでは好きだと打ち明けたのと変わらないことに、やっと気づいた。

いえその、あれは、と顔を真っ赤にする。そんなニナを甘くとろけそうな笑顔で眺め、リヒトは目を細めた。

「ちなみに俺は、一目惚《ひとめぼ》れ？」

「は？」

「中央広場でも会ったから、正確には二目惚れだけどね。物陰からさっと飛びでて荷車を射ぬいて、鮮やかに子供を助けて立ち去った女の子。あれ見て好きにならなきゃ嘘だと思わない？」

「リヒトさん……」

「〈リヒト〉の名前を特別にすることに固執してたおれに比べて、なんて清々しいんだろうって。ほんと、ニナって海みたいなんだよね。前に話したシレジア国の海に似てる。一生懸命で裏がなくて、あんまり綺麗だから、自分の汚さがわかって苦しいんだ。でもどうしても、惹《ひ》かれずにいられない。ずっと見てたいし、触りたい」

リヒトはおもむろに膝を折った。

熱のこもった新緑色の目で、迷わずに見つめた。

「状況が状況だったし、裁定競技会が終わるまでは我慢しようって決めてた。……ね、あらためてお願い。さっきの指輪、受け取ってもらえない？　いまならもれなく、おれがついてくるけど、どう？」

「ど、どうって……」

ニナは真っ赤な顔で口ごもる。

目の前で膝をついた青年が、君が必要だと見つめてくる。差しだされた手には尊《とうと》い指輪が輝いて、それは夢に描いていたような光景だった。

醜《みにく》い雛《ひな》でしかなかったニナが憧れ、現実を知るうちに諦めて忘れていた、待ち望んでいた幸福な夢。

誘われるように手をのばす。

けれど触れる直前で腕を引いた。

それでもまだ目の前の現実が信じられないと、不安そうにたずねた。

「わたしで……いいんですか？」

「ニナがいいの。ニナじゃなきゃだめなの。さっきから何度も言ってるでしょ？」

「でもリヒトさんはわたしのこと、お使いを頼まれた子供だってまちがえたし、小さな女の子にするみたいに接してたから。だからわたし」

「ニナがそう思ってたのは知ってる。団舎の連中もニナのこと、子供扱いしてたしね。おれとしてはそれに便乗していろいろと……いや、これは守秘義務で」

「それにリヒトさんはすごく素敵な方です。優しいし親切だし、王都に行ったときも女の人はみんな見てました。そのうえお、王子殿下だったなんて」

「素敵な方って思ってくれるなら最高に嬉しい。優しくて親切は、対象となる相手次第で冷たくも薄情にもなるけど、まあうん。ともかく信じられないなら、それでもいいよ。何回だって言うし、どんな方法だって使うから」

リヒトはニナの手をすくいとる。

甲に軽く口づけた。

ひゃっと肩をはねさせたニナを楽しそうに眺め、これならどう、と首をかしげる。甘い微笑《ほほえ》みを浮かべた顔には、どこか獲物を前にした獣の不敵さがあった。ニナの胸がどぎまぎと鳴る。

なにも答えないニナに焦れたのか、調子づいたのか。立ちあがったリヒトは長身を折るようにして、ニナの顔に口元をよせた。

風が優しくなでるように、額から頬へ。

すでに許容量を振りきったニナは、ただされるがままだ。

近づいてくる体温を鼻先で感じていると、唇にすっと——冷たい金属の感触が。

「？」

ニナは目をぱちぱちとさせた。

リヒトとニナの間をさえぎる無粋《ぶすい》な白刃。視線を向けると兄ロルフが、不機嫌そうに大剣を突きだしている。

「黙って見ていれば度が過ぎる。兄としても騎士としても、これ以上の不埒《ふらち》な行為は許容できない」

リヒトは恨めしそうにロルフを見た。

「人聞きの悪い言い方も馬に蹴《け》られる行為もやめてくれる？　気持ちがあるんだから、これは不埒じゃなくて立派な愛情表現だし」

「気持ちの云々《うんぬん》は関係ない。現在の互いの立場を考えろ。そのような行為は、正式に夫婦となったものに許されることのはず」

「……うん。前から思ってたけど、ロルフは生まれてくる時代をまちがえたね。最後の皇帝に仕えた破石王の子孫だからって、倫理《りんり》観まで古代帝国を持ちこまなくてもいいんだよ。あれ？　ちょっと待って」

リヒトは唐突《とうとつ》に片手を立てる。

しばらく考えると、そっか、そういうことか、と両手を打った。

怪訝《けげん》そうな顔をするロルフの腹を、どんと強くおす。

「いやだなもう、ロルフったら！　おれそういうのはまだ先って考えてたのに。でもそうだよね、せっかく村まで来たんだし！」

「意味不明だが嫌な予感がする。おまえの軽口に積極的につき合う気はないが、あえて聞こう。なにが〈そういうこと〉なのだ？」

「ご両親は広場に出てなかったよね？　てことは家か畑かな。挨拶《あいさつ》だけはすませて、日取りはおれが決めていい？　あ、手続き関係は大丈夫だよ。副団長は司祭だし、冠婚葬祭はお手の物だからね。誕生から墓場まで任せられるなんて、本当に便利だよね！」

じゃあ行こうか、とニナの腕をとったリヒトの肩に、ロルフが手をおいた。

なんの日取りだ、だから結婚式でしょ、いつそんな話に、正式な夫婦云々って言いだしたのはそっちで——揉《も》めるふたりの身体《からだ》がぶつかる。その拍子にリヒトの胸元から、指輪を収めた木箱が落ちた。

しまったと思ったときにはすでに、こぼれ出た指輪がてんてんと転がっている。

その先に流れるのは秋晴れの空をうつす小川。

あわてて走るリヒトとロルフの間を、鋭い風音が追いこした。小川の手前で、〈騎士の指輪〉がきっちりと矢に縫《ぬ》い留められている。

リヒトが振りかえると、弓をかまえたニナがほっと息を吐いていた。

見事な弓技にあらためて目を細める。そしてそっか、と気づいたように笑った。

「あの瞬間に、おれの心も射ぬかれたんだね」

「え？」

「命石は取りかえられるけど、おれの心はひとつだけ。それを打ち抜いちゃったんだから、一生責任とってもらわないと？」

意味を把握《はあく》したニナは真っ赤になった。

自分はなんて素敵なものをつかまえてしまったんだろう。苦々しい顔の兄を見あげると、ふんと視線がそらされる。

「剣が騎士の心の鏡なら、弓はおまえの気持ちだ。指輪についてくるおまけとやら。つまりは、そういうことだろう」

ニナはリヒトに向きなおり、微笑んでうなずいた。

〈完〉

※この作品はフィクションです。実在の人物・団体・事件などにはいっさい関係ありません。

集英社オレンジ文庫をお買い上げいただき、ありがとうございます。
ご意見・ご感想をお待ちしております。

● あて先
〒101-8050　東京都千代田区一ツ橋2-5-10
集英社オレンジ文庫編集部 気付
瑚池ことり先生

リーリエ国騎士団とシンデレラの弓音

集英社
オレンジ文庫

2019年5月22日　第1刷発行

著　者　瑚池ことり
発行者　北畠輝幸
発行所　株式会社集英社
〒101-8050東京都千代田区一ツ橋2-5-10
電話【編集部】03-3230-6352
【読者係】03-3230-6080
【販売部】03-3230-6393（書店専用）
印刷所　大日本印刷株式会社

※定価はカバーに表示してあります

造本には十分注意しておりますが、乱丁・落丁(本のページ順序の間違いや抜け落ち)の場合はお取り替え致します。購入された書店名を明記して小社読者係宛にお送り下さい。送料は小社負担でお取り替え致します。但し、古書店で購入したものについてはお取り替え出来ません。なお、本書の一部あるいは全部を無断で複写複製することは、法律で認められた場合を除き、著作権の侵害となります。また、業者など、読者本人以外による本書のデジタル化は、いかなる場合でも一切認められませんのでご注意下さい。

©KOTORI KOIKE 2019　Printed in Japan
ISBN 978-4-08-680254-3 C0193

集英社オレンジ文庫

小湊悠貴

ホテルクラシカル猫番館

横浜山手のパン職人《ブーランジェール》

町のパン屋をやむなく離職し、
洋館を改装したホテルのパン職人に
なった紗良。さまざまな事情を抱えて
やって来る宿泊客のために、
おいしいパンを焼く毎日がはじまる…!

集英社オレンジ文庫

竹岡葉月

谷中びんづめカフェ竹《ちく》善《ぜん》

猫とジャムとあなたの話

実家から届いた野菜の処分に困り、
捨てようとしたところを外国人男性に
咎められた紬。保存食を提供する
彼の店へ行くと、食材が瞬く間に
美味しい料理に生まれ変わって…？

コバルト文庫　オレンジ文庫

「ノベル大賞」
募集中！

小説の書き手を目指す方を、募集します！

幅広く楽しめるエンターテインメント作品であれば、どんなジャンルでもＯＫ！

恋愛、ファンタジー、コメディ、ミステリ、ホラー、ＳＦ、etc……。

あなたが「面白い！」と思える作品をぶつけてください！

この賞で才能を開花させ、ベストセラー作家の仲間入りを目指してみませんか⁉

大賞入選作
正賞の楯と副賞300万円

準大賞入選作
正賞の楯と副賞100万円

佳作入選作
正賞の楯と副賞50万円

【応募原稿枚数】

400字詰め縦書き原稿100～400枚。


【しめきり】

毎年1月10日（当日消印有効）

【応募資格】

男女・年齢・プロアマ問わず

【入選発表】

オレンジ文庫公式サイト、WebマガジンCobalt、および夏ごろ発売の文庫挟み込みチラシ紙上。入選後は文庫刊行確約!

（その際には、集英社の規定に基づき、印税をお支払いいたします）

【原稿宛先】
〒101-8050　東京都千代田区一ツ橋2-5-10
（株）集英社　コバルト編集部「ノベル大賞」係

※応募に関する詳しい要項およびWebからの応募は
公式サイト（orangebunko.shueisha.co.jp）をご覧ください。